공정거래위원회 5

2023년 11월 8일 초판 1쇄 인쇄
2023년 11월 13일 초판 1쇄 발행

지은이 현우
발행인 강준규

기획 이기헌 왕소현 임동관 박경무 강민구 조익현
책임편집 금선정
마케팅지원 이원선

발행처 (주)로크미디어
출판등록 2003년 3월 24일
주소 서울시 마포구 마포대로 45 일진빌딩 6층
Tel (02)3273-5135 **Fax** (02)3273-5134
홈페이지 rokmedia.com **E-mail** rokmedia@empas.com

ⓒ 현우, 2023

값 9,000원

ISBN 979-11-408-1424-4 (5권)
ISBN 979-11-408-1419-0 04810 (세트)

갈질 끝판왕 사망

한명그룹
김성균 본부장

현우 현대 판타지 장편소설 ⟨5⟩

공정거래
위원회

Contents

질 끝판왕 사망

한명그룹
김성균 본부

근신......

－본사는 최근 불거진 논란에 대해 깊은 유감을 표명합니다. 저희에게도 경영 방식을 되돌아보는 계기가 되었습니다. ……중략…… 이제 더 이상 혁신은 가라지(garage, 창고)에서 나오지 않습니다. 좋은 기업 환경은 선발 주자들의 투자와 배려에서 나옵니다. 모든 수수료를 유예토록 하겠습니다. 국민 여러분께 대단히 송구스럽습니다.

　떠들썩했던 인앱 수수료는 고글의 임원 사퇴안까지 나오고 나서야 수그러들었다.
　사실상 항복 성명인데 공정위에겐 매우 거슬리는 발표였다.
　"수수료를 철회하는 게 아니라 유예한다고?"
　"좋은 기업 환경은 선발 주자들의 배려?"

제임스 리의 성명은 참으로 애매했다.

사과인 것 같지도 않고, 반성인 것 같지도 않고, 철회인 것 같지도 않았다.

"꼬리 내리는 척하면서 슬쩍 여지를 남겨 둔 거지."

"두고 봐, 이놈들은 분명 또 덤빈다."

규제안은 성공리에 통과됐지만 이건 시작이다.

놈들은 호시탐탐 기회를 노리며 규제안을 없애려 들 것이다.

물론 그건 그때 가서 다시 싸워야 할 문제다.

제임스 리의 사퇴안 발표와 함께 인앱 TF팀도 해단되었다.

해단식은 거창한 모임 없이 각 부서별로 금일봉이 전달되며 마무리되었다.

비록 그 액수가 이룩한 성과에 비하면 한참 모자랐지만 불평은 찾아볼 수 없었다.

모두가 안 될 거라 했던, 외신들마저 경악했던 법안이 통과되지 않았나.

이처럼 뿌듯했던 조사도 드물다.

공정위 내부에선 그 뒷얘기가 일파만파 퍼져 나갔다.

"홍 국장님이 퇴짜 맞고 며칠을 더 기다렸대. FTC가 약속도 일방적으로 취소하고 재스케줄도 안 잡아 줬다니까."

"굴욕도 이런 굴욕이 없네요. 근데 어떻게 만났답니까?"

"출국하기 하루 전. 딱 그날 약속 잡았는데 연방거래위원

공정거래
위원회

장이 예고도 없이 왔다는 거야."

김 반장은 늘 소문의 중심이었다.

"그 앞에서 이 팀장님이 그러더래. 혁신의 아이콘이었던 고글이 이젠 혁신의 장애물이 되고 있다. 이러니까 배격? 칸 위원장 그 양반도 태생이 규제론잔데."

"그럼 우리 팀장님 또 한 건 한 거예요?"

"그래. 아주 홍 국장님 입이 귀에 걸렸더라. 이 얘기 전부 다 김성일 과장이 직접 푼 무용담이야."

김성일 과장은 돌아온 그 길로 무용담을 풀고 다녔다.

어쩐지 FTC가 왜 이례적으로 지지 성명까지 내 주나 했더니. 그런 내막이 있었구먼.

"캬―!"

"퐈―!"

"햐―!"

무용담의 주인공이 다름 아닌 자기들 팀장이니, 남다른 자부심이 느껴졌다.

사실 준철이 올린 단독보고서도 다 팀원들이 조사한 자료다. 그 무용담이 다 자신들의 얘기로 들렸다.

"하여간 인물이긴 인물이야. 또 거기서도 눈도장을 찍었어."

"왜 아니래요. 거기에 팀장급 데려간 것도 이례적인 일이잖아."

"솔직히 그건 이 팀장 당연히 데려가야지. 그 자료 조사한 게 다 우리 팀인데."

"맞아, 맞아."

"어, 팀장님."

느지막이 출근한 준철은 눈을 돌렸다.

"무슨 얘길 그렇게 재밌게 하세요."

"아주 재미난 얘기죠. 흐흐."

"뭔데요."

"에이. 다 알면서. 그러지 말고 이제 소감 좀 들어 봅시다."

"소감요?"

"재밌는 썰 많더만요. 미국 가서 얼마나 공적을 세운 겁니까? 홍 국장님이 시장감시국으로 데려가네 마네 얘기까지 나오던데, 가실 겁니까?"

뭔 얘기인가 했더니, 그 얘기였구먼.

"……그런 적 없어요. 국·과장님들 가방모찌 하고 돌아왔습니다."

"에이─ 이미 김 과장님이 다 풀고 다녔어요. 막 출국 하루 전날 만나고 그랬다면서요."

준철은 머리를 긁적였다.

낯간지러워서 얘기 꺼내려 하지 않았는데. 그새를 못 참고 김성일 과장이 무용담을 늘어놨나 보다.

"그게 자랑이냐?"

하지만 뿌듯한 기분도 잠시.

오경철 과장이 등장하며 산통을 깼다.

"과, 과장님."

"뭐 해? 일들 끝났으면 얼른 서류 작업해야지. 법 통과됐다고 보고서 안 만들 거야?"

"아닙니다. 마침 하려 했습니다."

"오늘까지 올려. 그리고 이 팀장은 나 좀 보자."

오 과장은 날 선 목소리로 준철을 불러냈다. 과장실로 가는 내내 한마디도 하지 않았다.

이윽고 과장실에 도착했을 때, 그가 불호령을 쳤다.

"이 팀장. 너 나한테 할 말 있지?"

"죄송합니다."

"뭐가?"

"단독보고서요…… TF팀에서 제가 해선 안 될 돌발 행동을 했습니다."

오 과장은 거칠게 책상을 치며 다시 호통쳤다.

"그게 얼마나 잘못된 행동인지 알긴 알아?"

목적이 좋다곤 하나 조직 사회에서는 용인되어선 안 될 일이다.

"일이 잘 풀렸으니 망정이지, 안 됐으면 너 혼자 독박 쓰는 거야. 어쩌자고 위험한 보고서를 덜컥덜컥 올려?"

"그게 사실 사정이 좀 있긴 했는데."

"뭐? 구현수 팀장이 너 왕따시킨 거? 업무 배제하고 잡무만 시킨 거?"

아이고.

과장님도 사정은 다 알고 계셨구나.

"그러면 나한테 와서 하소연을 해야지! 욱한다고 거기서 단독으로 보고서를 올려 버려?"

"……."

"칭찬받을 줄 알았다면 오산이다. 너 일 이런 식으로 하면 앞으로 다 너랑 일 안 하려 해. 자기 공적 세우려고 보고 체계 무시했다, 이게 조직 세계야. 알아?"

"알고 있습니다. 정말 죄송합니다."

사실 이런 꾸짖음은 준철도 각오한 일이었다.

누구보다 보고 체계의 중요성을 알고 있었으니까.

이런 돌발 행동을 비호해 준다면 앞으로 TF팀은 엉망진창이 될 것이다. 공적 한번 세워 보겠다고 실무진 눈이 돌아갈 것이다.

"정말 반성하겠습니다."

"나가 봐. 당분간 너한텐 큰 사건 안 줄 거야. 제보 올라오는 거 검토하고, 큰 건이다 싶으면 전부 나한테 가져와. 이거 휴가가 아니라 근신이다."

"예, 알겠습니다."

준철이 고개를 꾸벅 숙이고 나가자 오 과장이 다시 불렀다.

공정거래
위원회

"그건 그거고. 고생은 많았다."

"……예?"

"이번 인앱 결제 통과의 주역은 너야. 홍 국장님이 입이 닳도록 칭찬하시더라. 시장감시국에 보내면 키워 준다 뭐라나."

"흐흐."

"웃지 마, 인마. 당분간은 국물도 없으니까."

"넵, 알겠습니다. 감사합니다."

놈이 나가자 오 과장은 허탈한 웃음이 나왔다.

"속이 없는 거야 욕심이 없는 거야. 쯧쯧−."

웃기는 놈이다. 서운할 법도 한데 전혀 티를 안 낸다. 애초에 이런 각오까지 다 하고 단독보고서를 올린 건가?

그럼 자신한테 남는 게 없을 텐데.

"이러면 안 되지."

오 과장은 고개를 휘휘 저었다.

일이 잘 풀려서 다행이지 안 풀렸으면 독박 쓸 뻔한 사건이다. 공직 생활 하는 내내 운이 좋을 순 없다. 저 버릇은 지금 고치는 게 맞다.

생각을 정리하며 오 과장은 전화기를 들었다.

"어, 난데. 당분간 이준철 팀장한테 큰 사건 주지 마. 소액 사건이나 민원 들어온 거 있으면 그것만 넘겨. 아니, 내가 별도의 지시 내리기 전까지."

기분이 묘하다.

이게 진정한 공무원일까?

근신임을 강조한 오 과장 말대로 종합팀은 한동안 큰 사건을 구경할 수 없었다.

국민신문고에 접수된 제보는 시시콜콜한 일상 얘기들이었다.

−원청 관계자가 자꾸 반말을 합니다. 제 아들뻘인데.

−핸드폰 개통할 때마다 자꾸 이상한 앱을 의무적으로 쓰래요.

−요즘 배달비가 너무 올랐어요. 이거 독과점 아닙니까?

라디오 사연처럼 접수된 제보는 하루에 2천 건이 넘었다.

준철은 모든 사연을 읽고 하나하나 답변을 해 줘야 하는 '국민지킴E'로 활동하고 있었다.

"반장님. 이거 원청에서 잔금 결제를 안 해 준다고 신고가 들어왔는데 어떻게 할까요."

"얼마짜린데?"

"800요. 벌써 신고가 한 네 번 올라온 것 같습니다."

"800이면 그냥 민사로 처리하라 그래. 아무리 우리가 널널해도 어떻게 잔금 받는 것까지 도와주냐."

"그건 그렇죠."

반원들도 곧 이 업무에 적응했고, 여유로운 일상을 누렸다.

"벌써 점심이구먼. 나 짜장면."

"또요?"

"일이 심심하니 자극적인 맛이 땡기네. 내가 쏜다. 박 조사관은 곱빼기?"

"전 그냥 백반 먹을래요."

하루에 가장 큰 고민은 점심 메뉴뿐이었다.

"팀장님은 뭐 드실래요?"

김 반장이 묻자 준철이 답했다.

"저는 오늘 선약이 있어서."

"점심에요?"

"네. 잠깐 만나고 오겠습니다."

"혹시 뭐 청춘사업 이런 거 아닙니까. 흐흐. 요즘 소문이 많던데."

"……무슨 소문요."

"왜 있잖아요. 시장감시국 신소희 팀장님. 이 팀장님이랑 스타트업 면담 다니면서 가까워졌다고 아주 난리도 아니던데요."

이럴 때 보면 공무원이나 샐러리맨이나 똑같다.

젊은 애들만 보면 로맨스 소설 한 편이 막 떠오르나 보다.

"그런 거 아니에요. 관계 부처 사람하고 점심 미팅이 잡혔어요."

"지금 딱히 일도 없는데 무슨 관계 부처요?"

"다녀와서 말씀드리겠습니다."

준철은 그리 말하고 잰걸음으로 도망쳤다.

"이 팀장님!"

약속 장소에 도착하니 신소희 팀장이 소리를 지르며 반겼다.

준철은 얼굴을 붉히며 자리로 갔다.

"일찍 오셨네요. 근데 굳이 점심까지 안 해도 되는데."

"아이고— 내가 할 소리. 저녁 사겠다는데 왜 꼭 점심을 먹재요?"

"……제가 요즘 업무가 많이 바빠서."

"아— 국민지킴E? 그거 많이 바쁘긴 하죠."

살짝 짓는 미소가 꼭 비웃음처럼 들린다.

"얘기 들었어요. 단독보고서 때문에 근신 같은 휴가를 받으셨다면서요?"

"네…… 뭐."

"그래도 너무하다. 이번 인앱 규제안 전부 이 팀장님이 공 세운 건데."

"괜찮아요. 덕분에 일도 편하고 좋아요."

"진짜? 내가 아는 이 팀장님은 지금쯤 몸이 막 근질근질할 사람인데."

준철은 웃음이 났다.

그것도 혈기왕성할 때 얘기지.

50 넘어서 이런 휴가를 받으니 오 과장이 이토록 고마울 수가 없었다.

"그나저나 저희 좀 조심해야 할 것 같아요."

"조심이라뇨. 무슨?"

"회사에서 조금 이상한 소문이 돈다는군요. 제가 신 팀장님하고 스타트업 면담 같이 다녀서."

그녀가 푸흡 웃었다.

"아이참. 동료들끼리 밥 한 끼 먹는 게 뭐 어떻다고. 나 그렇게 빡빡한 사람 아니에요. 그리고 뭐 또 소문 좀 나면 어때요?"

어떻긴 이 사람아.

그게 평생을 따라다니는 족쇄인데!

"앉으세요. 뭐 드시겠어요."

"전 그냥 대충 이거 먹겠습니다."

메뉴 선정이 다 끝나자 준철이 물었다.

"근데 왜 저를 따로 보자 하신 겁니까?"

직감이 좋은 사람이라 금방 눈치챌 줄 알았는데 이런 면에선 영 꽝이다.

여자가 밥 한 끼 사겠다는데 무슨 거창한 이유가 필요한가.

"뭐가 그렇게 급해요. 일단 식사부터 해요."

신소희는 생글생글 웃으며 수저를 들었다.

밥이 입으로 들어가는지 코로 들어가는지 모르겠다. 웃어도 웃는 게 아니었다.

이 정도면 충분히 호감 표시를 했다 생각했는데…… 혹시 상대방은 아닌가?

"사실 스타트업 대표님들이 팀장님께 꼭 고맙다고 전해 달라서요."

"스타트업이면…… 그때 면담조사요?"

"네. 이 팀장님이 발 벗고 나서 줬잖아요. 자기 일도 아니었는데."

"저도 TF팀 일원이었으니……."

"아무리 그래도 누가 단독보고서를 올려 줬겠어요. 많이들 고마워하더라고요."

준철은 머리를 긁적였다.

하긴 독보적으로 미친 짓이었지. 보고 체계를 무시하고 그들의 생생한 목소리를 그대로 국회에 전달하지 않았나.

덕분에 이런 근신 처분까지 받는 중이었다.

"그리고 이거 통과시킨 것도 이 팀장님이잖아요."

"……그 정도까지는 아닙니다."

공정거래
위원회

"에이— 나도 무용담 다 들었어요. 칸 위원장 앞에서 아주 일장연설을 쏟으셨다면서요?"

"……."

"제가 스타트업 대표들한테 그 얘기도 전달했거든요? 아주 손뼉을 치면서 너무 고마워하시더라고요."

준철은 멋쩍게 웃었다.

"그렇게 말씀해 주시니 저도 감사하네요."

"네. 자부심 가져도 돼요!"

"감사합니다. 근데 혹시 그게 다인가요?"

"이 팀장님은 너무 이런 면에서 깐깐하다. 나도 고마워요. 구현수 그 재수탱이한테 구출해 줘서. 그냥 이러저러해서 식사 한 끼 사고 싶었는데 많이 불편하세요?"

준철이 난처한 얼굴로 말했다.

"그게 아니라 전 또 무슨 사건이 있나 싶어서요."

"사건?"

"보통 식사 자리 나가면 다 일을 부탁하더라고요. 그래서 혹시나 싶었는데 아니라면 다행입니다."

아직도 잊을 수 없다.

YK암보험을 어떻게 시작하게 됐는지.

다행히 신소희 팀장은 박다영과 다른 부류의 사람으로 보인다. 마음이 조금 놓였다.

"그리고 단독보고서는 신 팀장님이 도와주셔서 가능했죠."

"내가 뭘 했다고요."

"면담에 안 데려갔으면 저도 이 보고서 못 올렸을 겁니다."

신소희는 피식 웃음이 났다.

마음에도 없는 소리 하기는.

면담 안 데려갔어도 어떻게든 보고서를 올렸을 사람 같은데.

"듣고 보니 내 지분도 조금 있네요."

"물론이죠."

"그럼 제가 정식으로 밥 한 끼 얻어먹을 자격이 있는 건가요?"

"아, 네. 이거 제가 계산하겠습니다."

"에이— 내가 사기로 한 밥은 내가 사야죠. 이 팀장님은 나중에 사요. 근데 보는 눈도 많고 하니까 우리 다음엔 점심 말고 저녁 어때요?"

"아…… 네."

"그리고 일하다가 만나면 괜히 소문만 나지 않겠어요? 주중에 말고 주말에 좀 편하게 만나요."

넙죽넙죽 대답했지만 뭔가 좀 이상한 기분이 들었다.

한마디로 주말 저녁에 약속을 잡자는 뜻인데…… 이게 뒤풀이가 맞나?

"……그러네요. 편하게 시간 내 주세요."

"오케이—!"

공정거래
위원회

그녀는 대답이 떨어지기 무섭게 핸드폰을 들어 스케줄을
확인했다.

뭐 이런 사람이 다 있담.

구현수가 질척거릴 때 질색팔색하던 사람 맞나?

'하긴 그놈이 진짜 재수 없긴 했으니까.'

아무래도 그녀는 무척이나 고마운 모양이었다.

❧

식사가 끝나고 난 후.

준철은 주변을 한참이나 서성였다.

공무원 사회는 여의도보다 좁다. 밥 한 끼 먹은 사실이 혼
사가 오갔네 하는 둥 퍼져 나간다. 행시 사무관들은 늘 주목
을 받는 사람들이니까.

'편하긴 하네.'

문득 이 무료한 일상이 감사하게 느껴졌다.

밥 먹고 산책이 웬 말인가. 점심에 김밥이나 먹을 수 있으
면 다행이었다. 더군다나 최근 워싱턴에선 입맛에 맞지도 않
는 샌드위치만 먹었다.

출국 전날까지 스케줄을 못 잡아 그것도 무슨 돌덩이를 씹
는 것 같았지.

"아메리카노 7잔이랑 여기 있는 도넛 다 담아 주세요."

한국에서 먹는 도넛 맛은 좀 다르려나?

준철은 복귀하기 전에 간식거리를 샀다.

분명 또 누구랑 점심 먹었냐고 추궁할 게 뻔한데, 좋은 입막음이 되어 주겠지.

"그렇다고 이렇게 무턱대고 찾아오시면 어떡해요?"

"사정이 있어서 그랬습니다. 부디……."

"아무리 그래도 이건 아닙니다. 돌아가 주세요."

하지만 사무실로 돌아왔을 때, 전혀 예상치 못한 광경이 펼쳐지고 있었다.

"그러지 말고 제 얘기라도 한번……."

"글쎄 안 된다니까요. 민원 접수는 국민신문고와 공정위 홈페이지에서만 가능합니다. 이렇게 덜컥 찾아오시면 저희한텐 업무 청탁입니다."

김 반장이 한 사내 앞에서 목소리를 높이고 있던 것이다.

"무슨 일입니까."

"어, 팀장님."

준철이 등장하자 김 반장이 크게 한숨을 쉬었다.

"민원을 넣으신 분인데, 이렇게 찾아오셨네요."

준철은 눈을 돌려 상대를 봤다.

한쪽 다리가 불편한지 몸이 약간 기울어 있었고, 옷에선 텁텁한 목재 향이 나는 사람이었다.

"저, 저희가 이 민원을 하, 한두 번 넣은 게 아닙니다. 그,

근데 답변을 못 받아서…….”

사내는 말까지 더듬으면서 연신 고개를 조아렸다.

참 난감한 일이다.

아무리 동정심이 들어도 이건 절차에 어긋나는 일인데. 그리고 지금은 그 절차를 안 지켜 근신 중에 있는데.

“무슨 일이신데요.”

“팀장님! 지금 저희 상황이…….”

“일단 사정은 들어 보겠습니다.”

김 반장이 눈치코치를 보냈지만 차마 외면할 수가 없었다.

“대신 안 될 사건이면 저희가 안 되는 이유를 설명드리겠습니다. 선생님께서도 더 이상 이러시면 안 돼요.”

“예, 예. 알겠습니다. 감사합니다.”

“무슨 일 때문에 오셨습니까.”

“미수금이요. 우, 우리 원청이 자꾸 잔금을 지급 안 합니다.”

사내의 말에 박 조사관이 한 자료를 건네며 귓속말을 했다.

“저희 쪽에 네 번이나 접수를 하셨더라고요. 미수금 800.”

“버, 벌써 8개월째 밀렸습니다. 근데 그쪽에서 돈을 자꾸 안 줘요.”

“사정 보니 그 원청이란 곳도 중소기업인 것 같아요. 주식 시장에 상장도 안 된.”

미수금 800과 중소기업.

왜 민원 접수가 네 번이나 이뤄지지 않았는지 한 번에 이해가 된다. 작아도 너무나 작은 사건 아닌가.

김 반장은 이 모습을 떨떠름하게 보며 덧붙였다.

"사장님. 엄밀히 말해 그 미수금은 공정위가 아니라 경찰에 신고하셔야 해요."

"그러면 미, 민사소송 가라 하던데요."

"네. 민사로 해결하셔야죠."

"그, 근데 공정위에 신고하면 소액심판이란 제도가 있다고……."

"소액심판도 최소 1천만 원대입니다. 그리고 소액심판은 권고 개념이라 강제력도 없어요. 사장님이 원하시는 결과는 재판 가야 받을 수 있어요."

사내의 얼굴이 창백해졌다.

재판이란 말이 막연하게 느껴질 것이다. 800만 원 받자고 몇백만 원의 변호사를 쓸 수도 없는 노릇이다.

"일단 저랑 따로 보시죠. 자세한 사정 좀 들어 보겠습니다."

"아니, 팀장님!"

준철은 김 반장의 눈총에도 아랑곳 않고 사내를 안내했다.

"어쩌려고 그러세요! 고작 800짜린데."

"어차피 딱히 할 일 없잖아요. 소액심판이 저희 일이기도 하고."

"저건 딱 봐도 원청이 괜히 심통 부리는 겁니다. 저희가 해결 못 해 줘요.”

“들어나 보겠습니다.”

꼭 그렇지만은 않다.

때론 수십 개의 독촉장보다 공정위의 명함 한 장이 더 큰 효과를 주는 법이니까.

준철이 서둘러 사라지자 김 반장이 크게 한숨을 지었다.

❂

“죄, 죄송합니다. 무턱대고 찾아와서.”

“아닙니다. 저희도 마침 일이 없어서.”

은은한 커피 향이 사무실을 감돌았다.

남자는 눈치를 보다 명함을 내밀었다.

“사실 저는 뭐…… 사장이랄 것도 없고. 직원 세 명 있는 목재 공장에서 일합니다.”

〈명신목재〉.

가구를 만드는 공장으로 직원은 사장을 포함해 네 명인 곳이었다.

“뭐 가구를 단독으로 만드는 건 아니고. 주문 들어오면 재료 다듬어서 원청에 납품하죠.”

그 납품처는 〈르네가구〉로 이 또한 들어 본 적 없는 중소 가구점이었다.

"여기가 미수금을 안 줬다는 건가요."

"네…… 벌써 여덟 달째입니다."

"왜 안 주는 거죠?"

"그 속을 저도 모르겠습니다. 장사가 안돼 폐업한 것도 아니고 판매장도 넓혔던데 우리한텐 계속 돈 없다 이럽니다."

잔금 기일은 정확히 8달 전이었다.

준철은 장 사장이 내민 계약서를 훑고, 또 훑고, 또 또 훑었다.

상대방을 악덕 업체라 생각하고 싶지 않았다. 중소기업인 만큼 상대도 자금 사정이 있으리라.

그런 생각으로 계약서를 뚫어져라 검토했지만 아무런 단서를 찾을 수 없었다.

"여기랑 거래한 지 얼마나 되셨어요?"

"한…… 5년요."

"다른 때엔 어땠습니까."

"말도 마십쇼. 지금까지 단 한 번도 결제 기일을 지킨 적이 없었습니다. 기본이 3개월이고 늦으면 5개월까지도 미뤄 왔습니다."

진짜로 악덕 업체란 말인가.

"최근에 판매장을 넓혔다고요."

"예. 인터넷 판매까지 시작해서 호응이 꽤 좋았는데 우리만 보면 돈 없다 소리 합니다."

어쩌면 그게 이유일지도 모른다.

자기들 사업체 넓히느라 하청업체 잔금을 미룬 것.

"그래도 내용증명까지 보내신 것 같은데, 그쪽에선 뭐라했습니까?"

"귀신 씻나락 까먹는 소리 하지 않겠습니까! 그간 우리가 납품하는 목재에 불량이 많았네 뭐하네 하면서 계속 꼬투리잡아 댑니다. 아주 미칠 노릇이었습니다."

사내는 분통을 터트렸다.

아주 전형적인 방법이다.

괜히 불량품 얘기 꺼내면서 결제 기일을 미루는 것. 본래 하청업체에 줄 돈은 자사 직원들 인센티브까지 다 돌리고 남는 돈으로 주는 것이다.

전생의 김성균에겐 그게 너무 당연한 얘기였다.

"저희는 더도 말고 덜도 말고 딱 이 800만 주면 됩니다. 나도 직원이 있고 먹여 살려야 할 식구가 있지 않겠습니까. 제발 이번 추석 전까지만. 그때까지만 주면 더 바랄 게 없겠습니다."

"알겠습니다. 저희가 검토해 보겠습니다."

남자는 더 할 말이 많았지만 그쯤 했다.

자신의 얘기를 들어 주는 것만으로도 얼마나 큰 배려인지 알았다.

그렇게 사내가 돌아가고 난 뒤 준철은 고심에 잠겼다.

본래 기업 간의 거래엔 공정위가 함부로 끼어들어선 안 된다. 분명 저자가 꺼내지 않은 뒷이야기도 있을 것이다.

그렇게 자료 검토하길 1시간.

"……."

없었다.

〈명신목재〉는 늘 납품 날짜를 제대로 지켰고, 불량률도 극히 적었다. 정말이지 아무런 이유가 없는 것이다.

그리 결론 내리고 서류를 덮을 때.

문득 또 옛 생각이 머리에 스쳤다.

질 끝판왕 사망

한명그룹
김성균 본부

미수금 800

"대리 과장들 모두 내 방으로."

한명건설의 원조 탈곡기는 외주사업부 이민석 부장이었다.

하청 업체들의 저승사자였었지.

합법적인 갑질로 정평이 나 있는 인물이었는데 그가 이런 식으로 부르면 늘 긴장이 앞섰다.

"별건 아니고 결제 기일 때문에 말이야. 정 대리 우리 밀린 공사비 얼마지?"

"8천만 원요. 기일은 이달 말일까집니다."

그는 돈 나갈 일이 생기면 늘 얼굴이 어두웠다.

"개별적인 돈 말고. 총 합쳐서 얼마야?"

"아, 예. 이달 말까지 하청 8곳에 밀린 잔금을 지급해야 합니다. 넉넉잡고 한 10억 정도."

"10억이면 좀 많네? 그거 좀만 미루자."

대리 시절엔 그게 참 경악스러웠다.

당연히 줘야 할 돈인데 미루자는 얘기가 어쩜 저리 쉽게 나오는지.

"왜 대답이 없어?"

"……부장님. 이거 이미 두 달씩 미룬 돈입니다. 이번에 또 미루면 반발이 심할 겁니다."

"우리도 은행 이자 갚고 직원들 월급 주려면 빠듯해. 안 주겠단 것도 아니고 며칠 좀 미루자니까?"

"외람되지만 어차피 줄 돈이면 그냥 결제해 주는 게 낫지 않습니까. 이제 곧 설날이라고 하청들도 기대를 많이 하고 있습니다."

입사 동기였던 정 대리는 왜 그자가 하청 업체 탈곡기인지 모르는 놈이었다.

잔금 기일을 매번 미루는 것에도 진절머리가 나 있었다.

"아, 하청들이 설날이라고 기대를 많이 한다?"

"……."

"이거 내가 아주 큰 실수했구먼. 명절에 기분도 내고 그래야 하는데, 하청사들 다 나 때문에 곡소리 날 뻔했어."

"그게 아니라."

"정 대리 그럼 네가 본을 보여 봐."

"예?"

"명절이라고 회사에서 상여금 받은 거 있을 거 아니야. 그 돈 다 토해 내고 하청사들 잔금 치러. 아, 근데 그 돈 가지곤 턱도 없을 거야. 나 포함해서 대리 과장급들 상여금 다 토해 내라. 하청들한테 잔금 줘야 하니까 어디 조카한테 용돈 줄 생각 꿈도 꾸지 마!"

입사 초기 때부터 기대를 모았던 정 대리는 그날 처절하게 깨졌다.

자기 밥그릇 내놓으란 소리에 한마디도 할 수 없었다.

"배은망덕도 유분수지. 잘 들어 대리 과장들! 네들 상여금 먼저 챙겨 주겠다고 회사는 늘 이 짓거리 하는 거야. 근데 어디 은혜도 모르고 하청사 편을 들어."

그때부턴 한마디도 대꾸할 수 없었다.

이 부장의 말대로라면 우린 공범이었으니까. 허튼소리 하면 배신자가 되는 거다.

"김성균 대리."

"아, 예."

"이거 네가 맡아. 정명수 대리는 마음이 여려서 이거 못 맡 겠단다. 왜? 너도 못 하겠냐."

"아, 아닙니다. 그럼 하청들 한 바퀴 돌면서 공사 트집 잡 겠습니다. 불량 시공 지적하면 돈 얘기 더는 못 꺼낼 겁니다."

나는 그런 쪽으로 타고난 인간이었다.

이민석 부장은 흡족한 웃음을 지었다.

"이러니까 내가 김성균 대리를 안 예뻐할 수가 없지."

"……."

"회사가 방향을 제시해 주면 그 방법만 가져오잖아. 주제 넘게 헛소리도 안 하고."

그는 정명수 손에 들려 있던 서류를 강탈하다시피 뺏어 나에게 주었다.

"두 달만 미루자. 그때 가선 꼭 잔금 치를 테니까 우리 사정 설명하고."

"예."

"그럼 믿고 맡긴다."

그것 또한 거짓말이었다.

한 번 밀린 잔금은 두 달에서 여섯 달이 되었고, 여섯 달에서 1년이 되었다.

우리는 단 한 번도 잔금 기일을 지킨 적이 없었다.

-아, 글쎄 우리가 안 주는 게 아니라 조금만 미루자는 거 아니요. 그리고 말이 나와서 하는 말인데, 당신들 이렇게 공사 개판으로 쳐 놓고 돈 얘기만 열심이지?

-일이나 제대로 끝내고 돈타령 해 대든가! 이거 하자보수 끝낼 때까진 잔금 얘기 꺼낼 생각도 마쇼.

공정거래
위원회

나는 거기에 대한 수혜자이자 가해자였다.

인간성을 포기한 대가로 초고속 승진을 했다.

이민석 부장은 나를 각별히 아꼈고 나는 그의 옆에서 가장 많은 노하우를 전수받았다.

그는 늘 입버릇처럼 강조했다.

'원청 먼저.'

하청들에게 줄 돈은 자사 직원 인센티브 다 주고, 은행 이자도 다 갚고, 회식도 다 하고 남으면 그때 주는 돈이라고.

'……'

그렇게 망친 하청 업체들의 명절이 얼마나 될까?

"여깁니까?"

"아, 네."

중소기업이라서 허름한 가구 가게를 예상했는데 전혀 아니다.

구로구에 위치한 〈르네가구〉는 건물 한 층을 다 매장으로 쓰는 건실한 중소기업이었다. 건물 바깥엔 간판까지 있다.

'구로단지에서 간판 달 수 있는 기업 몇 개 없는데.'

준철은 외관을 감상하며 눈을 돌렸다.

"원래 이렇게 큰 곳인가요?"

"이번에 넓혔습니다. 원래도 입소문 난 가구점이기도 했고요."

"그럼 돈이 없지는 않아 보이는데."

"네. 돈 없다는 건 거짓말입니다. 최근엔 뭐 상장을 하네 마네 얘기까지 돌고 있어요."

그의 목소리에서 묵직한 분노가 느껴졌다.

당사자는 직원들 월급 걱정하는데, 누구는 복에 겨운 소리 하고 있으니.

상장을 준비할 정도면 많이 컸다는 거다. 잔금을 못 줄 이유가 전혀 없다.

문을 열고 들어설 때 준철이 말했다.

"사장님. 제가 말씀드린 건 꼭 지키셔야 합니다."

"아무렴요. 공정위 직원이라고 말 안 했습니다. 그냥 법대 다니는 조카라고 해 뒀습니다."

"죄송해요. 저희가 끼어들기엔 너무 작은 사건이라서."

"아닙니다. 이렇게 와 주신 것만으로 감사해요."

장 사장 얼굴엔 희미한 웃음이 걸려 있었다.

공정위에서 도와주겠다 하니 희망을 가지는 것 같았다.

부디 저 기대에 부응하는 결과가 나와야 할 텐데.

심란한 마음으로 사무실 문을 열자 한 여자가 나왔다.

"어떻게 오셨나요?"

"예. 저 명신목재 장 사장입니다. 오늘 사장님 만나기로 약속했는데 계신가요."

어려 보이는 여자 직원은 떨떠름하게 두 사람을 훑었다.

"아, 명신목재요……."

"네."

"안에 들어가 계세요. 김 대리님 불러 드리겠습니다."

"네? 아니 오늘 사장님 만나 뵙기로 했는데요."

"사장님은 지금 좀 바쁘세요. 금방 오실 거니 잠시 기다려 주세요."

여직원은 시큰둥하게 말하곤 금방 사라져 버렸다.

초장부터 기분이 팍 상해 버렸다.

약속은 사장이랑 했는데, 갑자기 바쁘다고?

더욱 기분 나쁜 건 기다리는 내내 물 한 잔 내오지 않는다는 거다. 경쟁사에서 왔다 해도 이따위 대접은 안 할 텐데.

"이거 참 면목 없게 됐습니다."

"괜찮습니다. 신경 쓰지 마세요."

준철은 쩔쩔매는 장 사장에게 웃음을 보였다.

하지만 한참 만에 등장한 김 대리는 남은 인내심마저 끊어 버렸다.

"아이고. 그새를 못 참고 또 오셨습니까."

"어, 김 대리. 오랜만이야."

"날도 더운데 뭐 하러 오셨어요. 그냥 전화 주시지."

김 대리는 또래로 보이는 남자였는데 나이가 한참 많은 장 사장을 벌레 보듯 봤다.

"우리도 좀 급해서 그래. 벌써 8달째나 밀렸잖아."

"아니 뭐 우리가 그 돈 떼먹습니까. 고작 800인데."

"그래, 고작 800. 크지도 않으니까 이번엔 처리 좀 해 줘. 추석이 코앞인데 나 직원들 보기에 면이 안 서. 우리도 조카들 용돈은 좀 줘야 할 거 아닌가."

장 사장은 시종일관 비굴했다.

젊은 놈 태도를 보아하니 늘 이런 관계였나 보다.

"사장님이야말로 이해 좀 해 주세요. 내년에 상장 앞뒀는데 우리가 얼마나 바쁘겠어요. 어음 처리하고 은행에 빚 갚는 데만 해도 죽겠습니다."

"그래도 우리 돈은 줘야지."

"하아…… 사장님. 그냥 설 지나고 오시면 안 될까요. 그럼 제가 책임지고 드릴 수 있는데."

"그 소리 지난번에도 했잖아. 이번이 벌써 네 번째야."

듣는 사람이 다 화가 났다.

은행 빚이나 어음은 안 갚으면 문제 생기니 그 돈부터 처리한 거다.

받을 돈 받는데도 이렇게 비굴해져야 하나.

장 사장이 물러설 기미를 보이지 않자 놈이 신경질적인 어투로 말했다.

"오늘 너무 보채시네."

공정거래
위원회

"……부탁함세."

"어휴— 그럼 좀만 기다려 보세요. 저희 과장님께 말씀드려 볼게요."

젊은 놈은 그렇게 자리를 비웠고, 또다시 한참의 시간이 지났다.

"죄, 죄송합니다 팀장님. 시간도 없으실 텐데."

"괜찮습니다. 근데 이 사람들은 원래 이렇게 얼굴 구경하기 힘든가요."

"뭐…… 우리 같은 하청한텐 늘 이랬죠. 그래도 법대 다니는 조카 왔다니까 과장도 불러 주네요."

장 사장은 기분이 좋아 보였다.

과장을 만나는 건 평소엔 상상도 할 수 없는 일이었나 보다.

그렇게 한참의 시간이 지났을 때 다시 그 젊은 놈이 등장했다.

"아이고 사장님 아직 안 가셨네요."

"응, 뭐야? 과장님은."

"지금 사장님이랑 과장님들 다 회의 들어가셨어요. 상장 심사 때문에 긴급회의."

"뭐?"

"이거 어쩌죠? 다음에 오셔야 할 것 같은데."

"이게 무슨……."

"제가 대신 사과드릴게요. 다음에 와 주십쇼. 그땐 사장님도 꼭 스케줄 비워 놓겠다 합니다."

툭—.

"거참 책임자 하나 만나는데 드럽게 복잡하구먼. 누가 보면 대통령 만나는 줄 알겠어."

장 사장은 놀란 얼굴로 준철을 바라봤다.

젊은 대리 놈은 인상을 구기며 물었다.

"뉘십니까? 댁은?"

"여, 여긴 내 법대 다니는 조카……."

"공정거래위원회 이준철 팀장이요."

준철이 명함을 내밀자 젊은 놈 얼굴이 창백해졌다.

공정위가 대충 무슨 일 하는 놈들인지는 안다. 갑질 잡는 놈들 아닌가.

"티, 팀장님. 왜 그러세요."

"사장님. 이놈들은 젊잖게 나가 주면 사람 우습게 아는 놈들이네요. 8개월이 아니라 8년이 넘어도 돈 못 받겠습니다."

말릴 새도 없이 준철이 사무실 문을 열었다.

그러곤 사자후를 던졌다.

"여기 사장 나오라 그래! 8개월째 미수금 처리 안 해 주는 사장이 어디 있어? 매장 넓힐 돈은 있고 하청한테 줄 돈은 없어?"

수십 명의 직원들은 메두사 대가리를 본 것처럼 얼어붙었다.

"저기요. 지금 뭐 하는 짓입니까."

"잔말 말고 사장 나오라 그래! 아니면 상장 심사 때 한번 찾아가 줘? 르네가구는 하청사한테 미수금도 안 갚는다. 이런 놈들이 주주들 배당금을 챙기겠냐. 돈 떼먹을 놈들이다. 한번 그래 줄까?"

준철은 뱃속에서부터 힘을 끌어올려 악다구니를 질렀다.

밀린 돈 받을 땐 이 방법이 최고다.

건설사 하청들한테 많이 당해 봐서 제일 잘 안다.

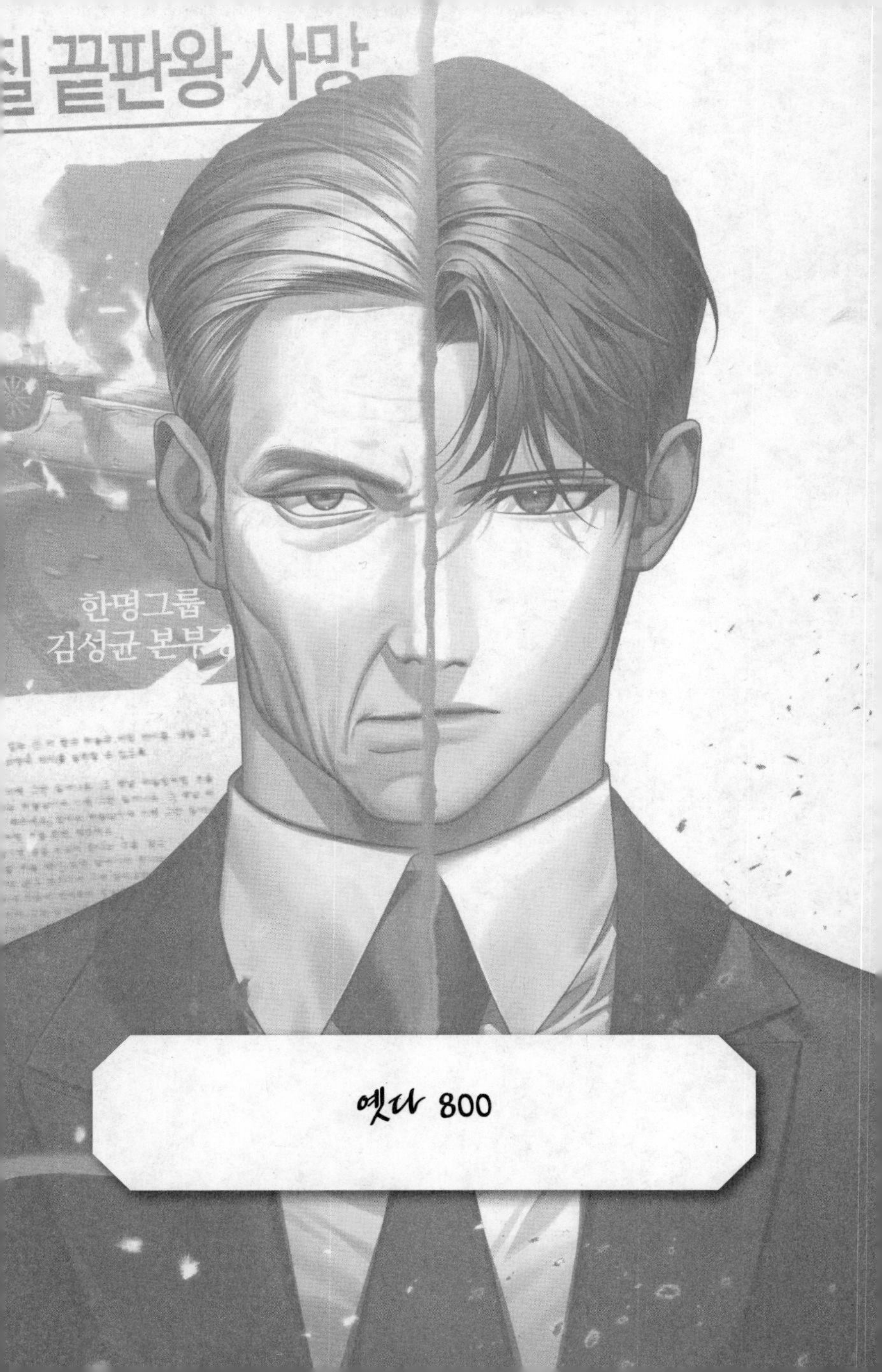

질 끝판왕 사망
한명그룹
김성균 본부
옛다 800

"이런 미친놈을 봤나!"

급한 약속이 있었다던 사장은 사장실에 앉아 있었다.

응접실에서 고작 100m도 안 되는 거린데 여길 오기가 왜 이렇게 힘든 건지.

"당신 뭐야? 머리가 어떻게 된 거 아니야?"

르네가구 사장은 노기 어린 목소리로 길길이 날뛰었다.

하지만 준철의 시선은 다른 곳에 가 있었다.

"골프 연습하고 계셨어요?"

"뭐?"

"장갑 끼고 계신 거 보니 퍼팅 연습한 모양이군요."

사무실엔 골프공이 굴러다녔고 놈은 장갑도 미처 벗지 못

하고 뛰어나온 상태였다.

급한 약속이 아닐 걸 알았지만 이 정도일 줄이야.

"장 사장. 이 미친놈은 뭐지?"

"공정거래위원회 이준철 팀장입니다."

"뭐, 뭐?"

"다름 아니라 소액 심판 청구가 들어와서요."

"뭐……라고요?"

소속을 밝히자 사장의 말투가 조금 공손해졌다.

"명신목재에 미수금 800 안 주셨죠."

"아니, 그건 회사 사정 때문에 좀 미룬 거 아니요."

"미뤘다는 표현은 보통 합의가 됐을 때 쓰죠. 이 케이스에선 떼먹었다고 표현합니다."

준철은 계약서를 들이밀었다.

이건 뭐 깊게 수사하고 말고 할 여지가 없다. 잔금 날짜가 명확하게 적혀 있는데, 돈을 안 주고 있었으니.

장 사장이 어찌나 들고 다녔는지 손때도 꾀죄죄하게 묻어 있었다.

이걸 보면 좀 미안한 마음이 들지 않을까.

"사람 그렇게 안 봤는데 너무하네."

하지만 그건 너무 큰 기대였나 보다.

놈은 잔뜩 움츠러든 장 사장에게 눈을 돌렸다.

"그니까 장 사장이 우리 신고한 거야?"

"……."

"장 사장, 우리 5년 동안 거래했다. 계약해 줘서 고맙다고 매 명절마다 선물 보내더니 고작 이거 한 번 때문에 뒤통수를 쳐?"

"하, 한두 번이 아니잖습니까. 5년 동안 단 한 번이라도 잔금 날짜 지킨 적 있습니까."

"그럼 그때 말을 하든가. 왜 불만 쌓아 놓고 있다가 이제 와 터트리냔 말이야."

"그, 그 얘긴 됐으니 이제라도 주십쇼."

어쭈구리? 지렁이 새끼가 꿈틀거려?

놈은 장 사장을 한 번 쏘아보더니 콧방귀를 뀌었다.

"이거 솔직히 돈 때문에 이런 거 아니잖아. 우리가 하청업체 바꾸니까 이러는 거지. 자네들한테 더 이상 일감 안 준다고?"

"……."

"이거 봐 맞네."

"……하청 바꾼 거야 사장님 마음인데, 밀린 돈은 받아야겠습니다."

"누가 안 주겠대? 좀만 미뤄 달라고."

"얼마나 더요?"

"우리도 지금 상장 준비하느라 땜질할 돈 많아. 어음이랑 대출 다 정리되면 그 돈 안 달라 해도 줘."

함께 듣던 준철은 열불이 터질 것 같았다.

미수금은 당연히 은행 대출보다 먼저 갚아야 한다. 그건 자기들 사정이지 이 계약과 전혀 무관한 얘기기 때문이다.

'진짜 미친놈이구먼.'

한술 더 떠 상장 준비 하는 걸 자랑이라고 떠들고 있다.

'왜 8개월이나 밀리고 있나 했더니…….'

이제야 이해가 된다.

상장 심사 앞두고 회계 자료 세탁에 들어간 거다.

은행에서 빌린 대출은 당연히 연장하지 않았을 것이며, 모든 회사 돈을 다 빚 갚는 데 썼을 것이다.

그런 와중에 하청사가 눈에 들어올 리 있나.

피해자가 더 없으면 다행이다.

"나도 솔직히 미안해서 돈 갚을 때 이자 쳐 줄 생각이었어. 근데 내 뒤통수를 이렇게 쳐?"

"이자 필요 없습니다. 그냥 미수금 800만 주십쇼."

"장 사장! 우리가 매년 2억짜리 주문 넣어 줬다. 어떤 기업이 다섯 명도 안 되는 목공소에 이런 계약을 줘? 그리고 말이 나와서 하는 말인데 공정도 개판이었어. 불량품이 그렇게나 많은데 돈 받을 때만 확실해?"

잠자코 있던 준철이 거들었다.

"사장님. 정산 날짜 다 다가와서 갑자기 불량 얘기하는 건 뭔 경우입니까."

"댁은 좀 빠지세요. 이건 우리끼리 해결 보면 되잖아요."

"대화 이렇게 해선 한도 끝도 없겠네요. 그냥 지금 상황만 말씀드리겠습니다. 명신목재에서 소액 심판 신청했고, 사안 보니 판결 곧 나올 겁니다."

툭.

"근데 소액 심판까지 넘어가 버리면 흔적 다 남는 거 아시죠?"

"뭐요?"

"하청한테 미수금도 안 주는 기업이 배당금이라곤 주겠습니까? 이 정도 채무도 정리 못 하는데 주가 공시라곤 잘 띄우겠습니까?"

절대로 안 될 일이다.

상장 심사할 때 제일 중요하게 보는 게 어음과 채무 기록이다.

"상장 심사 문턱도 못 넘고 바로 반려될 거예요."

"나라곤 이 돈 안 주고 싶겠소! 정말 돈이 없다니까."

뻔뻔한 모습에 치가 다 떨린다.

돈이 없는 게 아니라 갚을 의지가 없는 거겠지.

"정 그러시면 여기 회계 자료 한번 가져와 보세요. 800이야 법인 차 한 대 팔면 금방 나오겠구먼."

사장도 준철을 보며 치를 떨었다.

세상 물정 모르는 젊은 놈이 진짜로 받아 낼 생각인가 보다.

"일주일 드리겠습니다. 미수금 해결 안 되면 바로 소액 심판 들어갈 거고, 상장 심사위에 해당 내용도 통보하겠습니다."

"이 사람들이!"

"부디 현명하게 판단하시길 바랍니다."

배은망덕한 놈.

캉!

지금까지 먹여 살려 준 게 누군데.

캉!

그깟 800만 원 때문에 공정위에 신고를 해?

캉캉!

굴욕적인 회의가 끝나고 난 뒤.

최 사장은 두 놈의 얼굴을 떠올리며 마구잡이로 공을 때렸다.

상장 심사를 준비하며 채무 기록이 얼마나 중요한지 실감하던 터였다. 상환 능력만 따지는 게 아니라 대출을 몇 번이나 연장했는지도 따져 대지 않나.

"육실헐 새끼들."

하청 미수금을 가장 마지막까지 미룬 건 당연히 흔적이 남지 않는 돈이기 때문이다.

이런 상황에서 소액 심판은 사형선고나 다름없다.

한참 골프채를 휘두르던 사장은 씩씩거리며 인터폰을 들었다.

"임원들 들어오라 그래."

임원들이 허겁지겁 들어갔을 땐 골프 스크린이 이미 박살난 상태였다.

"임 이사."

"……예."

"자넨 큰 그릇이 못 되는구먼. 상장하고 회사 커지면 앞으로 더 많은 하청을 부릴 텐데 고작 이 문제도 해결 못 해?"

"죄, 죄송합니다. 몇 번이나 설득해 봤습니다만……."

"꼴도 보기 싫으니까 나가. 대외사업부 업무 모두 회계팀으로 토스해!"

이성을 잃은 목소리에 다들 고개를 들지 못했다.

회사는 지금 대대적인 구조조정을 벌여도 이상하지 않을 만큼 자금난이다. 어쩌면 임원들 월급으로 미수금 800을 마련할지 모른다.

다들 땅만 바라보고 있을 때, 다시 사장의 목소리가 들렸다.

"박 전무. 우리 지금 사내 유보금 얼마야."

"예. 13억이 있긴 합니다만…… 저희 어음과 대출 만기가 이번 달입니다."

"돈 800 정도 뺄 수 있나."

"빼기는커녕 어디서 더 빌려 와야 합니다. 저희가 갚을 돈이 14억입니다."

상장을 위해 매장을 넓혔고, 대출 만기도 연장하지 않았다.

회사가 성장세라 장기적으로 봐도 무리는 아니지만 자꾸 똥파리가 돈 달라고 보챈다.

"그래도 미수금은 이번에 처리하는 게 낫겠습니다. 공정위 말대로 소액 심판 가면 흔적이 너무 크게 남습니다."

이 기록 세탁하려고 대출도 연장 않고 갚았는데 갑자기 빨간 줄 그어 버리면 말짱 도루묵이다.

"그럼 이 돈 어떻게 마련했으면 좋겠어?"

"처분할 자산은 좀 있습니다. 법인 차 한 대 팔면 800 정도야……."

쾅!

대답이 떨어지기도 전에 사장님의 호통이 들렸다.

"이거 봐 이거! 자네들은 경영자가 아니라 한 치 앞만 내다보는 장사치라니까. 그 차 팔면 우리 영업사원들은 지하철 타고 다녀?"

답답하고 한심한 임원들이다.

농부는 굶어 죽어도 종자 씨에 손대지 않는 법이거늘.

"이 문제의 근본적인 이유는 아직도 하청이 우릴 만만하게 본다는 거야. 상장해도 사람 안 바뀌면 별수 없겠어."

"아, 아닙니다."

"죄송합니다."

"아니라면 그걸 증명할 방법을 가져와. 명신한테 줄 미수금이랑 은행에 갚을 돈 1억. 이거 마련해 와."

그 방법은 하나밖에 없다.

대출 연장하고 상장을 내년으로 미루는 수밖에.

하지만 입밖에도 꺼낼 수 없는 말이다.

임원들이 허겁지겁 물러나자 젊은 부사장만 자리에 남았다.

"아버지, 진정하십쇼. 그 돈 정도야 제가 마련할 수도 있습니다."

"네 눈엔 애비가 돈이 없어서 이러는 것 같으냐? 저 늙은이들은 월급 버러지야. 앞으로 더 많은 하청 부려야 할 텐데 저것들 데리고선 미래가 없어."

"무슨 말씀인지 압니다. 근데 저희가 지금 무리한 부분도 있잖습니까."

부사장은 눈치를 살피다 말을 꺼냈다.

"솔직히 지금 명신목재만 이러는 게 아닙니다. 하청사 다른 네 곳도 결제가 밀려 있어요."

사실 그게 근원적인 이유였다.

잔금은 지금 한두 개가 밀려 있는 게 아니다.

"내가 우려하는 것도 그거다. 이런 문제는 분위기 타면 이상해져."

"그럼 이번 기회에 그냥 확실하게 정리하시죠."

"정리?"

"상장을 그냥 내년으로 미루세요. 무리하게 진행하다가 괜히 탈만 더 크게 날 것 같습니다.

"그 얘긴 함부로 꺼내지 마라."

"하지만……."

"쉬운 길 택할 거면 나도 이 고생 안 했어. 그리고 늘 쉬운 길만 왔으면 회사 이렇게 크지도 못했어."

단호한 반응에 부사장은 입을 다물 수밖에 없었다.

코스닥 상장, 평생 아버지가 꿈꿔 왔던 목표 아닌가.

아버지는 단순히 상장된 기업만 원하는 게 아니다. 하청을 휘어잡는 철혈 원청. 자신이 이 역할을 할 수 있는지도 시험해 보고 싶은 것이다.

두 사람 사이엔 긴 침묵이 흘렀고, 사장은 연신 한숨을 내쉬었다.

"버러지 같은 놈들."

이윽고 긴 침묵이 끝났을 때 그가 입을 열었다.

"부사장. 내일 은행에 좀 다녀와라."

"……돈 찾아올까요?"

공정거래
위원회

사장은 말이 없었다.

"아버지. 생각 잘하셨습니다. 그냥 제가 돈 입금하고 오겠습니다."

"아니, 그 돈 전부 다 찾아와. 800만 원 전부 동전으로."

"……예?"

생각을 다 정리했는지 사장이 훌렁 일어나 버렸다.

"누가 그 800 그냥 준대? 10원짜리로 다 바꿔 와. 아니지. 종류가 더 많아야 세는 맛이 있겠구먼. 100원이랑 500원짜리도 적당하게 바꿔 와."

"아버지, 굳이 그럴 필요까지는……."

"왜? 그놈들도 내 회사 와서 망신 다 줬는데, 난 이러면 안 돼?"

"……."

"똑똑히 보여 줘. 누가 갑이고, 누가 을인지. 주변 은행 다 돌면서 동전으로 바꿔!"

질 끝판왕 사망

한명그룹
김성균 본부장

입금된 800

"형님, 우리 이번엔 추석 보너스 받을 수 있을까."

"일하다 말고 왜."

"일이 손에 잡혀야 하지. 남들은 명절에 상여금이다 뭐다 기분 내는데 우린 이게 뭐유."

자재 창고에 있던 명신목재소 직원들은 한숨을 푹푹 쉬었다.

풍성한 한가위는 바라지도 않는다.

고민 없이 조카들 용돈 한번 쥐여 주고 싶은데, 어째 그것도 요원할 것 같다.

"사장님이 만나 봤다잖아. 그것도 공정위 직원이랑 함께."

"근데 왜 아직까지 감감무소식이유."

"거참 사람 성격 급해서."

"고작 800 받는데 이렇게 시간 끌 거 있수? 애초에 줄 마음 있었으면 진즉 줬겠지."

사내는 신경질을 부리며 목장갑을 벗었다.

"기대한 내가 바보지. 막말로 공정위가 이런 사건에 끼어들어서 뭐 해 줄 수 있다고."

본래 기대가 크면 실망도 큰 법이다.

공정위가 도와준다는 말을 들었을 땐 기대에 잔뜩 부풀었는데, 아무래도 르네가구는 들어줄 마음이 없어 보인다.

"그건 성춘이 형님 말이 맞는 것 같수다."

옆에서 작업하던 막내 직원도 거들었다.

"진짜 받을 요량이었으면 이래선 안 돼. 아, 그때 르네가구 쳐들어가서 깽판 치자니까 왜 그걸 못 해서."

"가만 보면 우리 장 사장도 물러. 우리가 생돈을 달라는 것도 아니고, 받을 돈 당연히 달라는 건데 마음고생까지 해야 돼?"

"야, 그래도 장 사장 성격 둥글어서 계약 따온 것도 많아."

"실컷 계약 따오면 뭐 해. 밀린 돈도 못 받아서 이렇게 휘둘리기나 하는데."

직원들의 인내심은 바닥을 드러낸 지 오래였다.

무려 8개월이나 밀린 돈 아닌가.

두어 번 밀렸을 때 함께 쳐들어가자고 했는데 그걸 만류했던 건 장 사장이다.

"안 봐도 훤하지. 사람이 그렇게 무르니까 원청한테 또 당한 거야."

"누가 아니래. 그놈 새끼들은 상장하네 마네 하는데 왜 우리한테 줄 돈만 없어."

연장자처럼 보이는 사내가 이들을 다독였다.

"그래도 좀만 더 믿어 보자. 공정위가 도와준다잖아."

"꼴을 보아하니 공정위 별로 무서워하는 것 같지도 않구먼."

그리 툴툴거리고 있을 때 장 사장이 허겁지겁 뛰어 나왔다. 평소와 달리 작업복이 아니라 정장에 넥타이를 매고 있었다. 얼굴도 무척 들떠 있었다.

"김 반장. 남은 작업 알아서 마무리하고 오늘 일찍 퇴근해."

"아니, 어디 갑니까?"

"어. 르네가구에서 연락이 왔어. 오늘 돈 준대."

"예? 진짜요?"

"응. 공정위한테 직접 연락 왔다니까. 나 다녀오지. 이번 추석엔 기분 좀 내 보자!"

❧

"난 솔직히 이번에 장 사장한테 실망 많이 했어. 내 앞에서 알랑방귀 뀔 땐 언제고 안 볼 사이다 싶으니까 싹 뒤통수치잖아."

"……."

"근데 사람이 돈만 따라가면 큰 사업 못 한다. 기업 간에도 최소한의 의리는 지켜야지."

르네가구 사장은 데드라인을 하루 남겨 놓고 공정위에 연락했다.

당연히 줄 돈 주는데 일장연설을 늘어놓으며 갖은 생색을 부렸다.

이러나저러나 아쉬운 쪽은 장 사장이었기에 그는 마지막 인내심을 발휘했다.

"이 바닥 좁다. 장 사장은 나중에 나를 어떻게 만날 줄 알고……."

"왜 이렇게 잡설이 깁니까. 오늘 돈 가져왔어요?"

놈은 장 사장을 떨떠름하게 훑었다.

"장 사장도 많이 변했구먼. 초심 잃으면 오래 못 갈 텐데."

"최 사장님은 좀 변하세요. 하청들 이런 식으로 대하면 상장해도 얼마 못 갈 거요."

오냐, 이젠 볼 장 다 봤다 이거지?

놈은 장 사장을 노려보며 전화를 들었다.

"어, 난데. 가져와."

얼마 지나지 않아 서너 명의 사내들이 등장했다.

그냥 등장했으면 이상할 게 없었다만 모두들 무거운 포대 자루를 들고 있었다.

짤랑, 짤랑.

그리고 들리는 동전 소리.

"받아, 800."

"……뭡니까 이게?"

"뭐겠어. 장 사장이 원하던 미수금이지."

가관이었다.

쌀 포대 네 자루를 푸니 동전이 한 트럭이나 나오지 않겠나.

놈은 싸늘하게 굳은 준철을 보며 끌끌 웃었다.

"장 사장이 하도 보채서 우리 임직원들 돼지 저금통 싹 다 모았다. 800 맞지?"

"저기요 최 사장님 이게 무슨 경우입니까?"

"왜요 또 무슨 문제 있수?"

"누가 이 돈을 동전으로 달래요?"

"그럼 동전으로 주면 안 된다는 법이라도 있나? 하도 보채니까 내가 임직원들 돼지 저금통까지 싹 다 긁어모았어. 그럼 사람 성의를 생각해서 최소한 고맙단 인사를 해야지 왜 또 시비야?"

주먹에 힘이 들어간다.

임직원들 돼지 저금통을 털었다고? 누가 봐도 은행에서 바꿔 온 동전인데!

"그럼 기왕 좋은 마음으로 준 거 은행에서 환전까지 해 주시죠."

"당신들이 일주일 안으로 돈 마련해 오라며."

"하루 이틀 정도야 더 기다려 드릴 수 있습니다. 환전하고 계좌로 '입금'해 주세요."

"미안하구려. 그러기엔 내가 너무 바빠."

장 사장은 모멸감에 고개를 들지도 못했다.

원청이 이런 심통을 부리면, 그대로 당할 수밖에 없는 게 하청의 숙명이다.

미수금을 동전으로 지불하는 게 딱히 법을 위반하는 것은 아니다.

"됐습니다, 팀장님. 돼지 저금통 다 털었다는데 믿어 줘야죠."

이윽고 입을 뗐을 땐 한결 가벼운 표정이었다.

"애 많이 썼수다. 이거 다 바꾸려면 고생깨나 했을 텐데."

"신경 좀 썼네 그려."

참자. 그래도 받을 돈은 받았다.

놈들 밑에서 받았던 치욕에 비하면 별것도 아니다.

"자— 그럼 우리 거래는 끝이지? 앞으로 이런 일 있으면 그 냥 변호사 불러. 사람 오며 가며 추하게 만들지 말고."

놈이 득의양양한 얼굴로 일어설 때 준철이 갑자기 손으로 제지했다.

"또 뭐요."

"다 좋은데 이거 돈이 좀 비네요?"

"뭔 헛소리야. 이거 800 맞는데."

"아니에요. 100만 원 비어요. 700이네."

"무슨 귀신 씨나락 까먹는 소리를……."

"못 믿겠으면 한번 세어 보시든가요."

준철은 묵직한 포대 자루를 가리켰다.

상황이 이상하게 돌아가자 놈의 눈썹이 꿈틀거렸다.

"지금 뭐 하자는 거지?"

"돈이 안 맞는다고 말씀드린 건데."

"아니, 세 보지도 않고 그걸 어떻게 알아?"

"내가 동전 박삽니다. 이 정도 액수는 눈대중으로 봐도 척 알아요."

이 미친놈이 어디 말 같지도 않은 소리를!

"그럼 다 세어 보고 나중에 연락해. 근데 만약 액수 가지고 장난질하면 나도 가만 안 있을 거야."

"세상에 그런 법이 어디 있습니까. 정산할 때 확실히 하고 넘겨야지."

"뭐?"

"나중에 가서 돈 빈다고 하면 또 우길 거잖아요. 그냥 돈 문제는 확실하게 처리합시다."

준철은 장 사장과 눈이 마주치자 눈을 찡긋했다.

멀뚱멀뚱 쳐다보던 장 사장도 이제야 상황을 파악했다.

"마, 말씀이 맞네요. 이거 세 주세요."

"뭐?"

"가져왔을 때 한번 세 보셨을 거 아니요. 내 앞에서도 한번 세 봐."

"그래서 만약 맞으면? 어떻게 책임질 거지?"

"그럼 제가 잘못 계산한 거죠."

"그러니까 어떻게 책임질 거냐고."

준철이 동전을 한 번 쓸었다.

"그게 꼭 누가 책임질 일입니까? 동전 몇십만 개를 세 보는 일인데, 당연히 착오가 있겠죠."

"이, 이……."

"뭐 동전 잘못 셌다고 처벌하는 법이 있는 것도 아니고."

르네가구 사장은 동전 무덤을 봤다.

보기만 해도 아찔한 양이다.

이걸 대체 어떻게 다 센단 말인가.

"하아……."

누가 갑이고 누가 을인지 보여 줘야 하는데 꼴이 우습게 됐다.

하지만 도무지 저걸 다 셀 엄두가 나지 않았다.

자기 꾀에 자기가 넘어갔다는 걸 인정해야 할 순간.

공정거래
위원회

그는 길게 뜸을 들이며 고민하다 전화를 들었다.

"어, 난데. 800 입금해. 아니! 장 사장한테 입금하라고 그 돈!"

속에서 웃음이 났다.

결국 이럴 거면서 뭐 하려고 놀부 심보를 부렸담.

"장 사장. 운이 참 좋네. 근데 앞으로 내 얼굴 어떻게 보려고 이러는지 모르겠어."

"르네와 이미 다 거래 끊어졌는데 우리가 또 볼일 있겠습니까."

"그렇게 살지 마. 사람 일 어떻게 될지 몰라."

"그러신 분이 참 친절하게 돈을 주시네요."

르네가구 사장은 쌀포대 네 자루를 질질 끌고서 자리에서 나갔다.

살면서 느껴 본 가장 큰 치욕이었다.

❧

"팀장님…… 감사합니다."

놈이 나가고 난 후.

장 사장이 고개를 꾸벅 숙였다.

두 눈엔 눈물이 글썽였다.

"별말씀을요. 사장님께서 공정위 잘 찾아오신 거죠."

"아니요. 저 동전 말입니다. 고약한 놈인 줄은 알았지만 설마하니 800만 원을 전부 동전으로 바꿔 올 줄 몰랐습니다."

이하 동감이다.

진짜로 경악스러운 놈이다.

"만약 팀장님 아니었으면 난 저 동전 다 세고 있었겠죠. 덕분입니다."

장 사장은 잊을 수 없었다.

심술이 덕지덕지 붙어 있던 놈의 얼굴이 바람 빠진 풍선처럼 변하지 않았나.

그간 당했던 갑질들 한 번에 되갚아 줬다. 살면서 이렇게 통쾌한 적은 처음이다.

"개인적으로도 감사해요. 이번 추석에는 직원들 인센티브 꼭 챙겨 주고 싶었는데, 덕분에 조카들 용돈 한번 두둑이 줄 수 있겠습니다."

"근데 얘기 들어 보니 르네가 꽤 큰 일감을 주고 있었던 것 같은데…… 괜찮으세요?"

"그거 원재료비 빼고 공임비 빼면 회사에 얼마 남는 돈 2천도 안 돼요. 저 정도 원청은 금방 구해요."

"그럼 고작 2천만 원에 저런 갑질을 해 온 겁니까."

"네. 그러니까 속 터질 노릇이었죠."

장 사장의 웃음을 보는 준철도 덩달아 기분이 좋아졌다.

얼굴에 만연한 웃음.

이 사건에 모든 미련을 떨쳐 냈단 증거다.

"그럼 소액 심판은 없던 일로 처리하겠습니다."

그리 말하며 자리를 파할 때 그가 손을 덥석 잡았다.

"자꾸 말해서 죄송한데, 진짜 복 받으실 거예요."

"아, 하하……."

"사실 저 이거 네 번이나 공정위에서 안 도와준 사건이었거든요. 팀장님같이 우리 소상공인 챙기는 분 만날 수 있어서 참 운이 좋았습니다."

낯간지러웠다.

내가 소상공인들을 챙긴 적 있던가.

건설사 하청들한테 무수히 욕을 먹었던 나인데.

"이러다 얘기가 한도 끝도 없겠군요. 전 가 보겠습니다. 감사합니다."

그가 떠나가고 난 후.

준철은 싱숭생숭한 얼굴로 자리에 앉았다.

이런 감사 인사를 받을 자격이 있는지는 모르지만…… 그래도 과거의 죄는 하나 떨쳐 낸 것 같다.

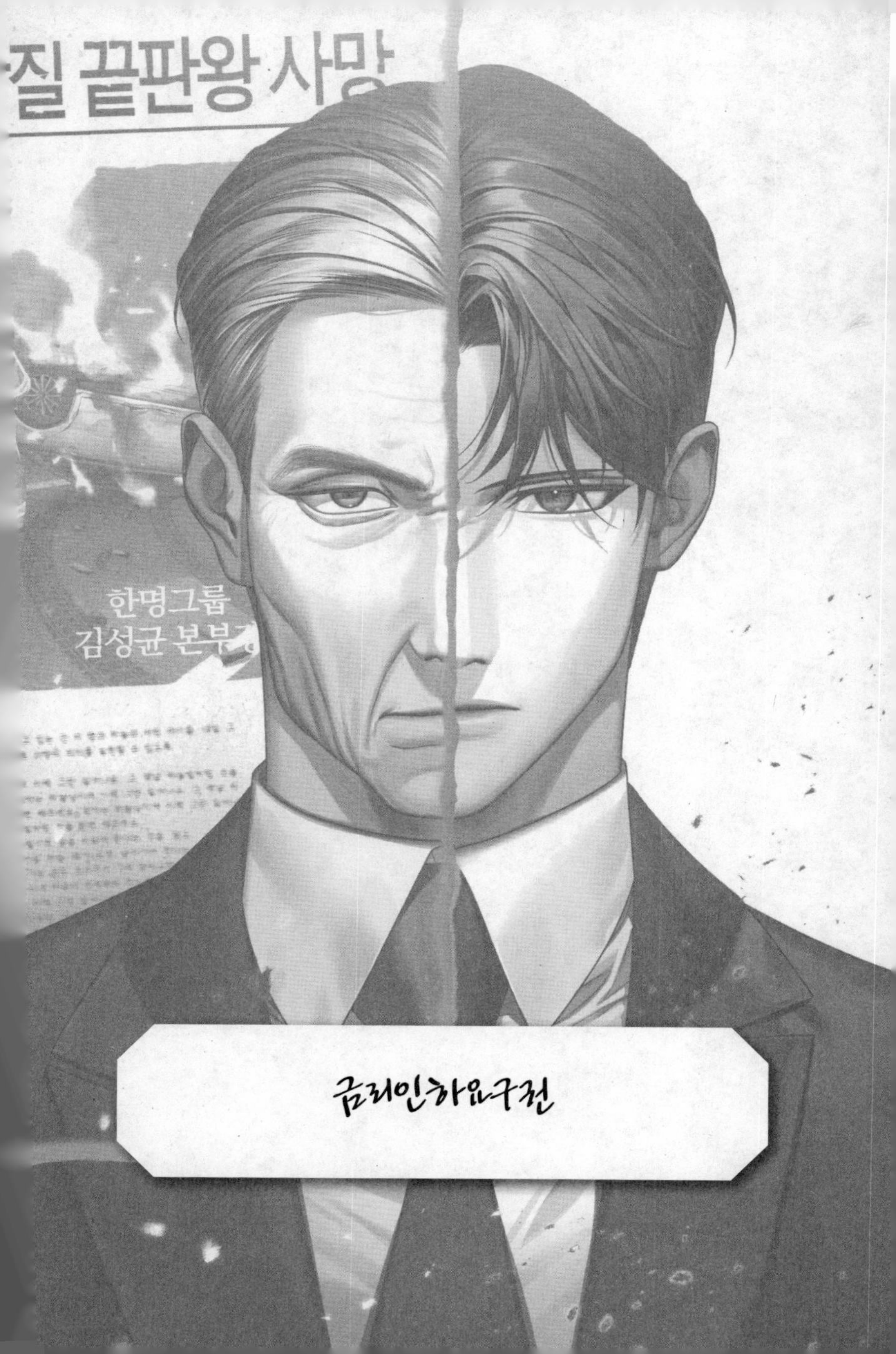
질 끝판왕 사망
한명그룹
김성균 본부
금리인하요구권

연휴가 끝나고 출근한 오 과장은 수북이 쌓여 있는 서류들을 보자 한숨이 나왔다.

본래 명절 다음 날이 가장 일하기 싫은 법.

황금 같은 연휴를 마치고 일을 시작하려니 경련이 일어날 것 같았다.

"우리 팀장들은 나 골탕 먹이는 게 취미인가 봐. 좀 쉬엄쉬엄하지 뭐 첫날부터 이렇게 무더기로 결재를 올려."

"오히려 더 생각해 줘서 지금 올린 거 아닐까요."

"뭐?"

"명절 잘 보내시라고 일부러 전에 안 올린 거겠죠."

그렇게 들으니 또 할 말은 없네.

오 과장은 송 팀장을 비스듬히 보더니 퉁명스레 덧붙였다.

"이 중에서도 제일 급한 모양이지? 나 출근하기도 전에 찾아온 걸 보면."

"네, 과장님. 이거 한 번만 봐주십쇼."

송 팀장이 내민 서류는 [금리인하권을 거부당한 사람들의 모임]이라는 한 단체의 민원이었다.

"뭔데 이거?"

"회원 수 약 100명 정도 되는 사람들이 집단 민원을 신청했습니다. 사유는 보시는 대로 금리인하를 거부당했다는 내용입니다."

금리인하권.

수입이 많아졌거나, 신용 등급이 올랐을 시 대출자가 은행에게 요구하는 권리다.

서민들의 이자 부담을 줄이기 위해 많은 논란 끝에 시행되었다.

하지만 아직 정착 단계의 법이고, 무엇보다 은행들이 인하 기준을 명확하게 공개하지 않아 뒷말이 많았다.

오 과장은 무심하게 서류를 넘겼다.

"문제 된 은행이 어딘데?"

"1금융권 전체입니다."

"뭐? 전체?"

"예. 2금융권도 마찬가지고요. 저희 조사에 따르면 작년에 신청된 금리인하권은 3만여 건을 넘었습니다. 개중 인하로 이어진 사례는 채 30%도 되지 않습니다."

"수용률 30%? 그럼 은행도 대강 성의는 보인 거 아닌가?"

"원래는 60%였습니다."

은행도 처음엔 국회 눈치를 봤다.

모처럼 여야가 타협해 내놓은 법안이었으니까.

하지만 갈수록 신청자가 많아지고 매출에 심각한 영향을 미칠 것 같자 내부 기준을 까다롭게 올렸다.

"인하를 거절한 사유는 뭔데?"

"없었습니다."

"그냥 안 된다고 했다고?"

"네. 은행들이 내부규정을 들먹이며 모두 거절했는데……문제는 그 내부규정이 뭔지 아무도 모릅니다."

내부규정에 의한 탈락.

이건 귀에 걸면 귀걸이고 코에 걸면 코걸이다. 일단 거부하고 내부규정 들먹이면 아무도 반박할 수 없다.

"솔직히 은행 입장에서 금리 인하시켜 주고 싶겠습니까. 자기들 매출에 직격탄일 텐데. 이건 규정을 방패 삼아 인하권을 묵살한 만행입니다."

이게 공정한 대출 계약이었으면 그 내부규정이 뭔지 양자가 알고 있어야 한다.

"그럼 은행들한테 공지 보내서 그 기준만 공개하라고 해 봐."

"이 사람들도 그걸 요구하면서 은행과 싸우고 있었습니다
만…… 1년째 감감무소식이랍니다."

오 과장은 뒷목이 뻐근해졌다.

업무 첫날부터 이게 웬 날벼락인가.

당연히 은행 입장에선 내부규정을 밝히고 싶지 않아 할 거
다. 그걸 공개하면 금리인하를 신청할 생각이 없던 차주(대출
자)도 신청할 것이니.

하지만 은행들이 내부규정을 안 밝히는 건 사실 딱히 법을
위반한 것도 아니다.

오 과장이 떨떠름한 반응을 보이자 송 팀장이 급히 덧붙였
다.

"그래도 1금융권은 양반입니다. 더 심각한 건 대부업들이
에요."

"그건 또 무슨 소리야."

"1금융도 안 지키는 법을 대부업이라곤 지키겠습니까. 대
부업은 대출 계약서 쓸 때 '금리인하권에 해당 없음'이란 조
항까지 만들었습니다."

당연하지만 이건 위법 계약이다. 국가에서 보장하는 권리
는 절대로 계약서에서 포기되지 않는다.

"가관이구먼. 근데 우리가 뭔 힘이 있다고 다 들쑤셔. 금감
원에 넘기지 그래."

공정거래
위원회

"꼭 그러지 않아도 됩니다. 은행들이 내부규정만 발표하면 끝나니까요. 그리고 1금융권을 규제하면 2금융, 대부업도 바꿀 겁니다."

"흠……."

"솔직히 저희가 약식으로 조사했는데도 이 정도였습니다. 깊게 들어가면 훨씬 더 심각할 겁니다."

끈질긴 설득에 오 과장이 고개를 저었다.

"명절 선물 한번 기가 막히게 받네."

"……면목 없습니다."

"어차피 이거 자네가 못 맡지?"

"네. 저희 대청건설 조사해야 해서. 어차피 이거 시장감시국에 넘겨야 할 겁니다."

없는 일을 갑자기 만들었는데 덜컥 사건만 넘겨줄 수 있나.

종합국에서도 인력 하나 차출해서 넘겨줘야 받지.

오 과장은 복잡한 생각에 잠기다 이내 눈을 번뜩였다.

유능하면서도, 마침 지금은 놀고 있는 한 녀석이 떠올랐다.

ↄ

준철은 오 과장의 부름을 받고 한달음에 달려갔다.

얼마 만에 방문하는 과장실인가.

노는 것도 하루 이틀이 좋았다. 노상 앉아서 민원이나 처리하고 있으니 좀이 다 쑤실 지경이었다.

'공식적으로 근신 다 끝난 거지?'

기대에 찬 얼굴로 문을 열자 떨떠름한 얼굴이 준철을 반겼다.

"조용하게 근신하랬더니 그새를 못 참고 또 사고 쳤어?"

"무슨 말씀이신지……."

"소액 심판 청구했다가 막판에 철회했다면서. 그건 또 뭐야?"

"아, 별거 아니었습니다. 하청 업체가 미수금을 못 받았더군요. 겨우 800짜리 사건이었습니다."

짤막한 보고가 끝나자 오 과장이 피식 웃었다.

저놈이 말을 쉽게 해서 그렇지 사실은 어려운 사건이다. 밀린 돈 받아 내는 것만큼 치사하고 더러운 게 없는 법이다.

"그래서 동전을 다 세 봤다고?"

"아니요. 100만 원 빈다고 꼬투리 잡으니까 입금해 주더군요. 그냥 아주 작은 사건이었습니다."

이래서 이놈만 보면 웃음이 나온다.

상대의 교활함을 뛰어넘는 영악함 그리고 배짱. 녀석에게는 그게 있다. 이건 누가 가르쳐 줄 수도 없는 영역인데.

"잘 해결됐으면 됐고. 어때? 한동안 일 안 하니까 좀 살 것

공정거래
위원회

같지?"

준철은 멋쩍게 웃었다.

"좀이 쑤셔 죽는 줄 알았습니다. 민원이 하도 다양해서 라디오 DJ가 된 것 같았습니다."

"그럼 조금 긴장할 만한 사건 맡아 볼까?"

드디어 근신이 풀리는구나!

준철의 눈빛이 반짝이자 오 과장이 서류를 내밀었다.

"단체 민원이 들어왔다. 뭐 금리인하권을 거부당한 사람들의 모임이라는데."

"네."

"1금융권에서 금리인하 요구를 묵살했대. 내부규정 들먹이면서."

다음 말을 기대했지만 오 과장의 설명은 그게 끝이었다.

"……그게 끝입니까."

"응."

"뭐 내부규정이 뭐였는지 그런 설명도 없이요?"

"그래."

"그럼 볼 것도 말 것도 없습니다. 금융권 잘못이네요. 은행이 그 내부규정이 뭐였는지 밝혀야 됩니다."

너무 기가 차는 상황이라 그런 말이 불쑥 튀어 나갔다.

하지만 과장님의 얼굴은 떨떠름했다.

"이 팀장 혹시 일본 속담에 그런 말 들어 봤나. 빨간불도

다 같이 건너면 안 무섭다."

"무슨 말씀인지……."

"지금 이 내부규정을 밝힌 은행사가 하나도 없거든. 1, 2, 3금융권 전부 다 통틀어서."

"……."

"원래 문제 있는 걸 바꾸는 것보다 당연한 걸 바꾸는 게 더 어려운 법이야. 은행들도 해야 한다는 걸 알면서도 안 지킨 거니까."

그들의 억지를 꺾어야 한다는 뜻이다.

"사실 귀찮다면 귀찮은 사건이야. 금소법에 이런 내부규정을 밝히란 조항이 없으니. 기업들은 보통 하라는 규정 없으면 절대 안 해."

문제 된 은행은 지금 1금융권 전체다.

이놈들이 합심해서 안 하겠다고 드러누우면 사실 답도 없다.

"이거 관련 기관이 많이 필요할 것 같다. 해서 이 팀장이 시장감시국이랑 이걸 맡았으면 하는데."

"과장님 그러지 말고 제가 먼저 한번 단독으로 맡아 보겠습니다."

"뭐? 단독?"

"네. 어차피 말싸움 길어질 텐데 미리 힘 뺄 필요 없죠. 제가 선두에 서서 진 빼놓겠습니다."

공정거래
위원회

오 과장은 고개를 갸우뚱했다.

"뭐 하려고 고생을 사서 해. 어차피 큰 싸움 될 거 그냥 다 같이 하는 게 낫지."

"혹시 압니까. 좋게 말해서 잘 설득이 될지."

"그게 되겠냐? 은행들 밥그릇 부수는 문젠데."

"아니어도 수사 수위를 이렇게 올려 가는 게 좋을 겁니다. 저희도 협상 카드가 많아야 대화하기 편하죠."

한 번에 너무 많은 패를 까선 안 된다.

수사 수위를 슬슬 올리는 게 협상하기에도 편하다.

오 과장도 뜻을 알아듣고 고개를 끄덕였다.

"실력 발휘 좀 하고 싶다 이거냐? 하도 놀아서?"

"아, 아닙니다. 진짜로 그게 더 낫습니다."

"그럼 한번 혼자서 해 봐. 대신 수사에 인력 필요하면 반드시 요청해. 어차피 놈들 말 안 들을 거야."

※

과장실에서 나온 준철은 바로 서류 검토에 들어갔다.

[1금융권의 만행을 고발합니다. - 금리인하를 거부당한 사람들의 모임]

첫 문장부터 무시무시하다.

고발장을 작성한 금사모 회원들은 약 50여 명이었다.

출신도 배경도 다른 이들의 공통점은 저신용자들이었다는 것. 불량자 수준은 아니었지만 각기 4-5등급의 저신용자들이었다.

'이러면 금리가 좀 세지.'

이러한 이유로 이들은 시중금리보다 약 3% 높은 신용 대출을 받았다.

문제는 거기서부터 시작이었다.

저희 피해자들은 대한은행에서 약 3% 더 높은 대출을 받았습니다. 다들 사정이 여의치 않아 고금리로 돈을 빌리게 되었죠.

하지만 당시 대출 약관에는 신용에 변동이 있거나 수입이 증대될 시 금리인하를 요구할 수 있다고 되어 있었습니다.

펄럭.

하지만 대한은행은 갖은 이유를 대며 저희들의 금리인하 요구를 묵인하고 있습니다.

이는 여타 은행 모두 마찬가지였습니다. 신용 등급이 향상되었거나 수입이 늘었다는 것을 증명해도 〈내부기준 미적합〉이란 말뿐이었습니다.

공정거래
위원회

그렇다면 그들이 말하는 내부기준이 무엇인지요.

펄럭.

저희 금사모 회원 중에 금리인하가 이뤄진 사례는 단 한 차례도 없었습니다.
공정위 당국에서 이를 확인하여 주시기 바랍니다.
아울러 은행에서 말하는 심사 기준이 무엇인지 밝혀 주십시오.

이들의 민원을 다 검토한 후에 준철은 다른 서류를 들었다.
송 팀장이 조사한 바에 따르면, 금리인하요구권 수용률은 첫해 60%에서 이젠 30%대가 되어 있었다. 처음에만 잘하는 척 시늉하다가 바로 내부기준을 까다롭게 올려 버린 것이다.
'뭐야? 대부업체 피해자들도 있어?'
더 심각한 건 대부업체 피해자들이었다.
여긴 약관에 '금리인하요구권 해당 없음'이라는 조항까지 넣고 있었다.
'1금융권도 안 지키는 법이니 대부업들은 더했겠지.'
이 썩은 관행을 뿌리 뽑을 수 있을까.
사실 상황은 녹록지 않았다. 이건 수사기관이 합심해 봤자 소득 없이 끝날 것 같았다. 내부규정을 밝히라는 법이 없는데, 그걸 밝혀내야 하니 말이다.

'차라리 권력자 한 명 섭외해서 도와달라 하는 게 낫지.'

이런 문제는 수천 명의 조사요원보다 국회의원 한 사람의 파워가 더 큰 법.

하지만 그걸 도와줄 의원은 없을 것이다.

"아악…… 아악!"

그리 생각하며 다시 서류를 들 때.

또다시 불명의 통증이 엄습했다.

"또 그놈들인가?"

"예. 금사모에서 다시 금리인하를 요구했습니다. 이번엔 본점에 찾아와서 지점장과 만나자 했다고……."

시야가 희뿌옇게 변하자 원탁회의장이 보였다.

국내 은행업계 1위인 대한은행의 회의실이었다.

"누가 들으면 우리가 법정이자라도 어긴 줄 알겠네."

대한은행 최지호 사장은 혀를 찼다.

"내가 이래서 사람을 싫어해. 돈 빌려 갈 땐 고개를 땅끝까지 처박더니 이젠 뭐 당연하다는 듯 인하해 달라잖아."

"어떻게 할까요, 사장님."

"늘 하던 대로 해. 내부규정."

가장 쉽고 편한 방법이었다.

"그게 저…… 이번엔 다릅니다. 심사에서 탈락한 신청자들이 내부규정을 공개하라고 요구해 왔습니다."

"뭐?"

"이미 관련 기관에 진정서를 다 보낸 모양이더군요. 쉽게 물러설 것 같지 않습니다."

"오냐오냐하니까 아주 머리 꼭대기에 오르려고 하네. 내부규정을 왜 공개해. 은행법에 그러라는 규정 있어? 우리 영업 기밀이야!"

최 사장의 목소리가 바로 격앙되었다.

그만큼이나 예민한 자료다.

내부규정을 공개하면 (금리인하)수용률이 높아질 수밖에 없고, 신청할 생각이 없던 대출자들도 금리인하를 요구해 올 것이다.

"그럼 사장님. 그냥 수용률을 높이시지요. 원래 저희도 신청 건수의 60%는 다 승인하지 않았습니까. 그걸 반으로 깎아 버렸으니 당연히 반발이 심할 수밖에 없습니다."

"그 까다로운 기준 덕에 지금의 영업이익을 유지하는 거야."

"압니다. 하지만 이건 너무 명분이 없습니다. 반발자들 모두 신용 등급이 향상됐고, 가계 수입이 증가한 사람들입니다."

부사장이 읍소하듯 말하자 본부장이 뚱한 표정으로 받아
쳤다.

"부사장님. 명분은 저희가 아니라 저쪽에 없는 거죠."

"뭐?"

"사장님 말씀대로 은행법에 그러라는 규정 있습니까?"

"금융당국이 바보야? 우리가 내부규정 핑계 대며 승인 거
부하는 건 삼척동자도 아는 일이야. 이게 언제까지 먹힐 것
같아?"

"관련법이 만들어지기 전까진 먹힐 겁니다. 아마."

최 사장은 본부장을 기특하게 바라보더니 슬쩍 힘을 실어
줬다.

"우리 본부장은 생각이 다른가 봐?"

"예, 사장님. 지금이야말로 합법적인 억지가 필요합니다."

"합법적인 억지?"

"우리 내부규정 보고 싶으면 관련법 만들라고 하십쇼. 그
전까진 우리 식대로 처리해도 되는 겁니다."

"결국 국회의원 데려와라 이 소린데, 그럴 일은 없겠군."

"네. 그리고 우리만 이렇게 영업하는 거 아니잖습니까. 다
른 시중은행도 금리인하 요구는 다 묵살합니다."

"그건 그렇지."

"오히려 30%도 과한 감이 있습니다. 금리법 제정됐을 때

공정거래
위원회

국회 눈치 본다고 너무 고분고분했어요. 이것도 한 반절은
더 낮춰야 합니다."

선을 넘는 발언에 부사장이 발끈했다.

"본부장. 그러다 관련기관이 조사하기 시작하면?"

"누구보다 법의 한계를 잘 아는 게 그들입니다. 우리한테
무리한 요구를 할까요?"

"그렇게 낙관적으로 볼 순 없어."

"오히려 비관적으로 보는 게 이상하죠. 아닌 말로 위법 요
소가 없는데 그들이 징계를 내릴 겁니까, 뭐 할 겁니까."

최 사장은 두 사람의 언쟁이 즐거웠다.

국회에서 금리인하권이 통과됐지만, 어떤 사람이 대상인
지는 명확히 밝히지 않았다.

기업들의 재량…… 이 얼마나 아름다운 말인가. 이는 곧
법의 사각지대를 뜻하며, 이용할 수 있는 만큼 이용해 먹어
야 한다.

"……듣고 보니 저도 본부장님 말씀이 맞는 것 같습니다."

"들어주다간 한도 끝도 없어요."

"그냥 모른 척 뭉개는 게 좋겠습니다."

논쟁이 계속될수록 회의실 분위기도 기울었다.

영업이익과 직결된 문제니만큼 부사장 의견에 동조하는
이는 없었다. 최 사장이 원하는 결과이기도 했다.

"다들 나가 봐. 부사장은 잠깐 좀 남고."

모두들 눈치를 보며 일어날 때 부사장은 발이 묶였다.

"부사장. 무슨 걱정하는지는 알아. 당국에서 갑자기 수사해서 일 잘못될까 봐 그러지?"

"……."

"나도 우려하는 바야. 당국에서 갑자기 내부규정 밝히라하면 난감하겠지. 근데 그런 일이 진짜 벌어질까?"

현실성 없다.

공정위, 금감원, 금융위. 지금까지 그 어떠한 곳도 이 문제에 나서지 않아 왔으니.

"설사 당국에서 수사한다 쳐. 근데 그놈들이 뭘 가지고 꼬투리 잡을 거야? 막말로 법이 있어 규정이 있어? 아니면 국회의원이라도 데려와서 규정 만들어 낼 거야?"

부사장은 얼굴이 달아올랐다.

자신이 생각해도 그럴 가능성은 없었기에.

"……그냥 작은 리스크라도 줄이고 싶었습니다. 혹시나 어찌 될지 모르니."

"자네 신중함이야 내 익히 알지. 근데 사람이 너무 그러면 큰일 못 하는 법이야."

"……명심하겠습니다.

"정 그렇게 찜찜하면 우는 놈 떡 하나 더 주든가. 금사모인지 뭐시긴지 하는 놈들 추려서 금리인하 시켜 줘. 그럼 다시 조용해질 거야."

공정거래
위원회

“팀장님. 곧 3시입니다.”

“…….”

“저…… 팀장님?”

김 반장의 부름에 준철이 화들짝 놀랐다.

“예?”

“곧 3시입니다. 금사모 회원들과의 면담요.”

“아, 예.”

“안색이 안 좋아 보이는데 무슨 일 있습니까?”

답답한 심정이 얼굴에 그대로 드러나는 모양이다. 하긴 정체불명의 대화 이후 며칠간 밤잠도 못 이뤘으니.

“죄송해요. 잠시 딴생각 좀 했네요.”

“애인 걱정은 아니실 테고. 이번 사건 때문에 그러시죠?”

두말해 뭣하겠나.

준철이 어정쩡하게 웃자 김 반장이 깊은 한숨을 대신 내쉬었다.

“사실 처음부터 말씀드리고 싶었는데 이번 건 너무 막막하네요. 아무리 이 잡듯 뒤져도 은행들의 위법 정황은 하나도 안 나와요.”

“……그렇죠.”

“법에 금리인하권을 못 박아 놓으면 뭐 합니까. 어떤 게 인하 대상인지 규정이 없는데. 이건 자동차만 만들어 놓고 바퀴는 안 만든 거예요."

하나의 규칙을 만들려면.

그 규칙을 보완할 부칙도 만들어야 하고.

어떤 게 대상인지 판단하는 조례도 만들어야 한다.

하지만 지금은 이걸 전부 은행에게 위임한 꼴.

"은행 입장에서도 이 법은 지키는 게 바봅니다. 지들한텐 매출이 달려 있는 문젠데 금리인하 내부기준을 발표하겠어요?"

"……."

"말이 나와서 하는 말인데…… 저희도 타 기관에 넘기는 게 어떨까 싶습니다. 공정위 갔다가, 금감원 갔다가 하다 보면 결국 이 문제 해결해야 되는 놈들한테 갈 겁니다."

이 문제가 다시 국회로 가려면 또 얼마나의 시간이 걸릴까.

금사모 회원들이 빚 갚는 게 더 빠를지도 모를 일이다.

"말씀 감사합니다. 그래도 해 볼 수 있을 때까진 해 봐야죠."

"에휴― 안타까워서 주책 좀 부렸습니다. 제 얘기 너무 신경 쓰지 마세요."

준철은 싱긋 웃으며 자리에서 일어났다.

"면담실 어디죠?"

차라리 정체불명의 대화를 안 듣는 게 나았을 뻔했다.

내막을 알아도 대책을 세울 수 없다니…….

시장 점유율 1위인 대한은행은 금리심사를 그냥 거부하라 지시했고, 문제 생기면 내부규정 핑계를 대라 일렀다. 다른 은행들 사정도 다르진 않을 것이다.

숱하게 고민하며 이 문제의 해법을 찾으려 했지만 아무런 대책도 떠오르지 않았다. 김 반장 설명대로 바퀴 없는 자동차를 굴릴 순 없는 법이다.

"……."

준철은 무거운 걸음으로 면담실에 도착했다.

안 될 걸 빤히 다 아는데 하소연만 들어 주는 것도 못 할 짓이다. 겪어 본 면담 중 가장 괴로운 시간이 될 것 같았다.

"선생님 감사합니다!"

그런 심정을 아는지 모르는지 금사모 회원들은 상기된 얼굴로 준철을 반겼다.

"저…… 앞서 말씀드리자면 이게 아직 조사하겠다는 건 아닙니다. 법리를 따져 문제가 있는지 없는지만 판단……."

"알다마다요. 들으시면 선생님도 분명 문제가 있을 거라 생각하실 겁니다."

준철은 시선을 피하며 화제를 돌렸다.

"먼저 1금융권 차주분들 얘기를 듣고 싶은데요."

"네, 말씀하십쇼."

"은행에서 뚜렷한 사유 없이 인하 심사를 거부하셨다고 했습니다. 이게 무슨 내용인지요."

말이 끝나기 무섭게 대여섯 사람들이 서류를 꺼내 들었다.

"말씀드린 그대롭니다."

"은행들이 아무 사유 없이 우리 금리인하 요구를 묵살했어요."

그들이 건넨 서류는 신용 등급 변동 내역과 가계 수입 증대 자료였다.

"3년 전에 희망은행에서 돈을 빌릴 때 제 신용 등급이 5등급이었습니다. 저신용자였지만 주택담보대출이라서 겨우 대출 나왔어요."

"네."

"그리고 어제 금융기관에 신청한 내역. 2등급입니다. 그간 상환금 한 번도 연체된 적 없고 신용 등급도 향상됐어요. 근데 심사대상자가 아니랍니다!"

말이 끝나기 무섭게 뒤에 있는 커플이 달려들었다.

"저희는 원래부터 2등급이었는데 남편이 외벌이라서 수입이 많이 모자랐거든요."

"네."

"그 뒤 저도 직장 잡고 가계 수입이 두 배 가까이 늘었는데

공정거래
위원회

저희도 심사 대상자가 아니랍니다."

여자가 내민 서류는 국세청에서 발급한 소득 증명 자료였다.

"이거 완전 엉터리예요! 직장 생활 1년 차 때 신청을 한 번 했는데 그때는 건보료가 안 올랐다, 그래서 수입 반영이 안 된다 이랬거든요."

"……"

"근데 나중에 낼 돈 다 내고 재심사 청구하니, 애초부터 심사 대상이 아니었대요."

처음 만나는 수사당국이라 그럴까, 아님 쌓아 둔 얘기가 많았던 걸까.

그들의 불만은 봇물 터지듯 쏟아졌다.

"아니 그럴 거면 애초부터 금리인하 기준이 뭔지, 설명해 줘야 하는 거 아닌가요?"

"……그런 얘기는 해 보셨습니까?"

"하다마다요. 혼자서는 안 되니 회원들하고 같이 본사까지 찾아갔습니다."

"근데 그냥 막무가내로 안 된대요! 은행들 영업 기밀이라고 절대로 외부에 공개 못 한대요."

"선생님 세상에 이런 법이 어디 있습니까? 대출 계약 쓸 때 분명 서로 금리인하요구권 있다 하고 서명했는데, 왜 그 기준은 자기들만 알고 있냐고요."

"이건 위법 아닙니까!"

준철은 여전히 시선을 피하며 침만 꿀꺽 삼켰다.

그게 딱히 위법은 아닙니다……라고 말할 용기는 도저히 나오지 않았다.

"금리인하 기준 외부에 공개하고 저희도 정당한 심사 받게 해 주십쇼!"

"이 엉터리 기준 바꿔야 돼요."

이들의 성화가 계속될 때, 한 사람이 슬쩍 다가와 준철의 손목을 잡았다.

"……저희도 한 말씀 드려도 될까요."

부딪힌 손에서 미세한 떨림이 느껴졌다.

한눈에 봐도 그들이 누군지 알 수 있었다.

2, 3금융권 이용자들이다.

한명그룹
김성균 본부

더 큰 힘

"사람들이 대부업에서 돈 빌렸다 하면 인생 막살았다고 보더군요."

대부업 대출자와의 면담은 따로 진행되었다.

1금융권 사람들과는 완전히 다른 분위기였다.

이들은 목소리를 높이지도, 억울함을 호소하지도 않았다. 냉담한 반응은 체념에서 나온 반응 같았다.

"하기사. 나도 처음엔 그런 사람들 이해가 안 갔으니까."

"아닙니다."

"저는 신용 등급도 1등급에 안정적인 직장도 있습니다. 대출도 주담대라 은행 골라 가면서 알아봤죠."

예상외의 대답이었다.

그 정도 스펙이면 1금융권도 충분히 이용할 수 있었을 텐데 왜?

"근데 계약한 집이 하필 투기과열지구로 묶이지 않았겠습니까. 이사 날짜까지 잡아 놨는데 갑자기 대출 못 해 준답니다."

남자는 그때 그 심정이 생각났는지 얼굴이 금세 굳어 버렸다.

"근데 어떡합니까. 이미 계약금 넘겼고 전세는 다 끝났는데."

"……그래서 대부업을 찾으셨군요."

"네. 2금융권에서 땡길 수 있는 돈 다 땡기고, 대부업에서 신용 대출까지 받았습니다. 무섭더군요. 그거 다 끝나고 나니 한순간에 5등급으로 내려가 있었어요."

그리 말하며 그가 무심하게 서류 하나를 건넸다.

대출 계약서였는데 준철은 차마 눈 뜨고 볼 수 없었다.

금리 11%.

1금융권의 세 배가 넘는 이율 아닌가.

그나마 그는 이 무리에서 나은 축에 속했다. 나머지 사람들의 이율은 모두 법정금리에 아슬아슬하게 걸쳐 있었다.

"사실 저희들은 진짜로 숨이 턱까지 차오릅니다. 은행 상환금 갚고 나면 그야말로 숨만 쉬고 살아야 하는 돈 남아요."

"네."

"그래도 금리인하권 있다기에 와이프도 다시 일하고 신용

공정거래
위원회

도 많이 회복했습니다. 근데 이걸 한번 보십쇼."

그가 뒷장을 넘겼고 고딕체로 강조한 한 문구가 보였다.

[금리인하권에 해당 없음]

"그땐 이게 있는지도 몰랐는데, 계약서에 이 문구가 버젓이 있더군요."

"……대부업에서 이런 문구를 넣었다고요?"

"네. 문의해 보니 그거 어차피 1금융권도 안 지킨다 하더군요. 신용불량자가 1등급이 되는 정도가 아닌 한 금리인하에 변화 없다고."

"근데 선생님…… 저희 같은 사람들은 정말 해당 사항이 없는 겁니까? 계약서 이렇게 작성하면 끝난 겁니까?"

준철은 바로 고개를 저었다.

"아니요. 국가에서 보장한 권리는 절대로 계약서에 포기 못 합니다."

"근데…… 그쪽에 문의해 보니 당사자 간에 이미 알고 계약했기 때문에 문제 될 거 없다는데……."

"거짓말입니다. 그런 식으로 따지면 법정금리 어기는 대출 계약도 합의할 수 있어요. 대부업에서 이런 계약서를 들이밀었다면 그 자체로 징계감입니다."

징계라는 말을 듣자 이들 얼굴에도 생기가 돌았다.

"선생님. 그럼 저희도 이거 신청할 수 있습니까?"

"지금 당장은 무리겠네요. 그들 말대로 이건 1금융권도 지키지 않으니."

"그럼 1금융권더러 빨리 지키게 할 수 없습니까?"

"맞아요. 저희는 1, 2%가 진짜 절실한 사람들이에요. 어떻게 안 되겠습니까?"

말문이 막히는 준철이었다.

애석하지만 그건 금융당국이 나선다고 해결할 수가 없는 문제네요…… 이런 말이 나와야 하는데 이번에도 용기가 나오지 않았다.

아니, 그건 사람이 할 짓이 못됐다.

공정위, 금감원, 금융위가 축구공 차듯 서로 떠넘기면 뭐 언젠간 국회로 가게 될 것이다. 하지만 그 과정에서 채인 이들은 누가 구제해 준단 말인가.

"제가 냉정하게 말씀드리겠습니다."

"예……."

"엄밀히 말해 이건 공정위가 해결할 수 없습니다. 금감원도 마찬가지고요."

"아, 아니 은행도 금융기관은 무서워한다 들었는데……."

"지금 그들은 합법적인 억지를 부리는 거거든요. 밝히라는 규정 없으니 안 밝힌다."

"하면…… 정말 방법이 없는 겁니까."

사정하듯 묻자 준철이 긴 한숨을 내쉬었다.

"딱 하나가 있긴 한데…… 솔직히 될지 안 될지는 모르겠습니다."

ℰ

미련했다.

희망의 여지를 남기는 게 아닌데.

안타까운 사람들의 사연을 면전에서 들은 게 화근인 것 같다.

"반장님. 오늘 면담 내용 정리해서 은행에 좀 보내 주세요."

"소명하라 하시게요? 어차피 안 들을 텐데."

"그래도 한번 해 봐야죠."

"……알겠습니다. 그럼 어디부터 넣을까요."

"1금융권부터 해 주세요."

반원들은 곧 면담 내용을 서류로 만들었다. '요구함', '공개 바람' 같은 명령어는 하나도 안 쓰고 협조해 주길 부탁한다고 간곡히 뜻을 전달했다.

하지만 다음 날 아침이 되었을 때.

[해당 내용은 영업 기밀로 외부에 공개할 수 없음]

이라는 성의도 없는 답변이 줄이어 도착했다.

은행끼리 자르고 붙인 것인지 토씨 하나 틀리지 않는 답변들이었다.

'오케이 이렇게 나오시겠다.'

법만 지키고 상식은 지키지 않는 놈들.

성의 없는 답변을 받아 보니 없던 투지심이 끓어오른다.

'해 보자 그럼.'

준철은 그 길로 다시 자료 조사에 들어갔다.

송 팀장에게 한 번 여과되어 받은 자료로는 부족했다.

놈들의 대화를 들으니 업계 실태가 더욱 막장 수준일 것 같았다.

"옌장."

애석하게 불안한 직감은 정확히 주효했다.

2금융권의 금리인하 승인률은 채 10%도 되지 않았고, 대부업들은 아예 계약서에 안 된다고 명시해 놨다.

법이 대체 얼마나 우스웠을까.

'우습게 볼 만하지. 명확한 법이 없는데. 역시나…… 그 방법 말곤 없어.'

복사기 돌아가는 소리가 부지런히 울릴 때 반원들이 한둘 출근했다.

"좋은 아침입니다."

"아, 예. 좋은 아침입니다. 근데 팀장님. 언제 출근하신 겁

공정거래
위원회

니까?"

"방금 왔습니다."

"……방금 왔는데 서류를 저렇게나 복사하셨어요?"

초가을 날씨가 무색하리만치 사무실은 후끈후끈 더웠다. 복사기를 얼마나 돌려 댔는지 아예 여름이 된 것 같았다.

"무슨 자룐데요."

"별건 아니고요. 은행업계 실태 조사 자료예요."

그리 말하며 준철이 한 서류를 가리켰다.

"아, 반장님. 이 자료 좀 조사해 주세요."

"이게 뭐죠?"

"찾아봤는데 대부업들 자료는 구하기가 쉽지 않네요. 연락해서 이 양식에 맞춰 자료 제출하라 해 주십쇼."

범상치 않은 오더에 반원들 얼굴이 굳어졌다.

"팀장님! 이거 단순히 실태 조사 아니죠. 이거 어디다 보내실 거죠?"

"맞네 맞아! 똑같은 자료를 30부나 복사했어."

이쯤 했으니 더 이상 감출 수도 없었다.

"네. 이거 여의도에 보낼 생각입니다."

"여의도라면…… 설마 국회요?"

"네. 아무리 생각해도 우리끼리 뭐 한다고 될 것 같지 않네요."

김 반장이 말을 더듬었다.

"구, 국회 누구한테 보내실 건데요. 설마 뭐 이거 가지고 국감이라도 열어 달라 하시게요?"

"정기국회도 끝났는데 그건 무리지 싶어요."

"그럼요?"

"그냥 뜻 있는 의원님 찾아보자는 거죠."

수사기관이 아무리 들러붙어도 금배지 하나의 위력을 이길 순 없다.

만약 국회에서 나서 준다면 판도가 달라질 수 있다. 그들이 입법시키겠다고 겁만 줘도 은행들의 성의 없는 태도가 조금은 바뀔 거다.

"좀…… 신중하게 생각해 보시죠."

"우리 단독보고서 때문에 근신받은 거잖아요."

"이런 공문 보내도 어차피 보좌진 선에서 잘려요. 귀찮은 사건에 절대 연루되고 싶지 않아 하는 놈인데."

그리 성화를 부려 봤지만 준철은 이미 눈이 돌아간 상태였다.

"국회에서 말 안 들으면 그쪽도 재미없을 겁니다."

"그건 또 무슨 말입니까."

"이 자료 그대로 언론에 뿌릴 거거든요. 우린 해결할 의지가 있으나 이 모든 원흉인 국회가 나서지 않는다. 그럼 서로 볼 만할 겁니다."

반원들은 할 말을 잃었다.

공정거래
위원회

이 젊은 팀장은 국회의원까지도 협박할 생각인가 보다.

❧

명절이 끝난 여의도는 1년에 며칠 안 되는 휴식기였다.

여야 최대 매치인 국감이 끝났으니 당분간 싸울 일도 없었다.

국민들 관심이 잠깐 멀어지는 달콤한 휴가였지만 초선의원 박성택에게는 분통 터지는 시월이었다.

"……."

존재감 한번 뽐내 보지 못하고 국감이 끝나 버리지 않았나.

그가 꿈꾸던 의원은 집권 여당을 몰아붙이고, 기업 총수들에게 호통치는 멋진 열사였다. 하지만 초선의원의 현실은 자료 배달이나 하는 보좌관에 지나지 않았다.

이슈가 될 만한 질문들은 모두 중진들이 독점했으며, 자신은 이따금 물컵 옮길 때나 카메라를 받을 수 있었다.

"이거…… 출처가 어디라고요?"

그러던 차에 도착한 공정위의 러브레터는 전율을 일으켰다.

"공정위입니다. 이준철 팀장이란 사람인데 전화해 보니 초임 같았습니다."

은행들의 금리인하권 묵살.

제목만 들어도 헤드라인이 쓱 그려지는 그림이다.

논란 끝에 통과된 금리인하요구권이 현실에서 잘 기능하지 못한단다.

법만 통과되고 구체적인 규정이 없어서 은행이 자의대로 심사를 탈락시킨다 한다.

이를 뒷받침할 만한 근거는 눈에 보일 정도였다.

시행 초기만 해도 금리인하 승인률은 60%를 넘었는데, 잠잠해지니 곧 반 토막이 나 버렸다.

"이 단체는 뭐라는 겁니까. 금사모?"

"은행에서 금리 인하 거부당한 사람들이 모인 단체 같습니다."

자료를 검토할수록 전율이 더욱 거세게 일었다.

중진들이 가끔 '각본 좋다'라고 말하는 경우가 바로 이런 케이스구나!

세상에 빚이 없는 사람은 없다. 누구나 공감할 수 있고 언론사만 붙어 주면 일약 스타덤에 오를 것 같았다.

비례대표 출신이라는 자신의 약점을 한 방에 상쇄시켜 줄 만한 소스다.

"이걸 왜 나한테 보냈을까요."

"조심스럽게 말씀드리자면 우리한테만 보낸 게 아닐 겁니다. 아마 야당 초선들에게는 전부 다 보냈을 겁니다."

공정거래
위원회

보좌관 눈에는 러브레터가 아니라 행운의 편지로 보였다.

수사기관들이 즐겨 쓰는 악질수법 아닌가.

아마 언론에는 'xx의원이 공정위에 요구한 자료에 의하면……'이라고 나갈 것이다. 'xx'에는 얻어걸린 놈이 들어갈 것이고 박성택은 그들 중 하나였을 뿐이다.

하지만 이는 박성택의 귀에 다르게 들렸다.

"그러니까 먼저 먹는 게 임자다?"

"박 의원님. 이거 설마 해 보실 생각입니까."

"안 될 이유가 있습니까. 기획과 내용 모두 좋던데."

"아무리 그래도 겨우 신입 사무관이 보낸 보고서입니다. 이건 누가 봐도 우릴 이용하겠다는 거죠."

"그런 부분을 떠나 내용 자체는 상당히 공익적이네요. 뭐 이런 일에는 기꺼이 이용당해 줘야죠."

보좌관은 박성택을 흘겨봤다.

공익은 얼어 죽을. 이슈가 될 만한 사건이니 군침이 도는 거겠지.

하지만 더 이상 만류하는 건 의미가 없었다.

비례대표 꼬리표를 떼고 싶어 하는 그의 강렬한 욕망을 늘 옆에서 지켜봐 왔던 터였다.

"일단 공정위를 한번 만나는 보겠습니다. 자리 잡아 주세요."

전직 변호사였던 40대 의원.

비례대표 출신이어도 의원은 의원인가 보다.

"처음 뵙겠습니다. 공정위 이준철 팀장이라고 합니다."

늘 건네는 인사지만 오늘은 사뭇 다른 긴장감이 든다.

"박성택이오."

그는 고고한 얼굴로 앉아 준철을 쓱 훑었다.

뭐 건설업계에 근무하면서 금배지를 한두 번 만나 봤겠냐만 이자는 보통 밥맛이 아니었다.

심드렁한 얼굴로 무슨 원숭이 구경하듯 본다.

'초선에 비례대표면 당의 거수기구먼, 무슨…….'

준철은 본심과 달리 영업사원 미소를 지었다.

"먼저 현안에 대해 관심 가져 주셔서 감사합니다. 공무로 바쁘신 줄은 알지만…….'

"인사치레는 그쯤 합시다. 나한테만 보낸 자료가 아니란 건 아니까. 그래도 쉬이 넘길 얘긴 아닌 것 같아서 보자 한 겁니다."

"아, 예."

"요점부터 들어 봅시다. 은행한테 원하는 게 뭐요."

준철은 침을 꿀꺽 삼키고 답했다.

"금리인하 내부기준, 공개입니다."

"그건 은행들의 대외비라 들었습니다만?"

"변명입니다. 인하 기준을 공개 안 하면 은행 마음대로 악용할 수 있습니다."

"아직 정착 단계인 법안 아니요. 기업들에게도 적응 기간을 줘야지."

"적응 기간이면 수용률이 차차 높아져야 하는데, 지금은 되레 역주행을 하고 있습니다."

신중한 걸까 아니면 떠보는 걸까?

이미 다 아는 내용일 텐데 같은 얘기만 되풀이.

이거다 하는 확신이 아직 없는 것일까?

"의원님. 혹시 제가 따로 확인시켜 드릴 내용이 있는지요."

"나도 법조계 출신이라 잘 아는데, 지금 공정위의 요구가 무리라는 거 알지요?"

그는 뜸 들이다가 마저 말을 이었다.

"은행법엔 이런 자료를 공개하란 내용이 없소. 당신들이 나한테 이런 부탁을 한 이유도 법으론 안 될 것 같으니 힘으로 누르고 싶다 이거 아니요."

"아닙니다. 언젠간 터질 사건 의원님이 제일 먼저 알아보신 겁니다."

"뭐?"

"가계 부채 3천조 시대에 금리는 오를 일만 남았습니다. 곳곳에서 아우성인데 은행들은 인하에 있어선 인색합니다. 오히려 아직까지 안 터진 게 이상한 겁니다."

가계 부채 3천조.

젊은 놈이 한 말 중 가장 구미가 당기는 말이다.

한마디로 대한민국에 빚 없는 사람이 없는데 지금껏 아무도 나서지 않았다는 말 아닌가.

"비단 이건 1금융권만의 문제가 아닙니다. 대부업들은 문제가 더 심각하죠."

"대부……업?"

"이쪽은 아예 금리인하권에 해당 없음이란 조항까지 만들었습니다. 국가에서 보장한 법을 자의대로 없앤 거죠."

"아니 무슨 그런 경우가."

"그만큼 이 법안이 기능하지 못하고 있습니다. 2, 3금융은 인하 수용률이 10%대도 되지 않습니다."

박성택은 궁둥이가 들썩거렸다.

건드려 보고 싶긴 한데 묘하게 찝찝했던 한 가지, 바로 명분이 나왔기 때문이다.

사실 금리인하권 자체가 저신용자들을 구제하기 위한 법안이었다.

1금융권 사람들이야 고작 1-2%의 인하가 전부지만, 저신용자들은 그 몇 배나 되는 이자를 줄일 수 있다.

그들이 신용을 회복해서 금리 부담이 낮아지면 근로의욕도 향상시키고, 각종 보조금도 줄 것이라는 게 정부 관계자들의 계산이었다.

하지만 정착하기도 전에 1금융권들이 산통을 깨고 있었으니. 누가 칼을 잡은들 박수가 터져 나올 만한 일이다.

'엔장할— 이 좋은 걸 왜 이제 가져와?'

국감 전에 가져왔다면 얼마나 좋았을까. 민생 사건이라 카메라 받기에도 좋았을 텐데.

박성택의 경계심이 한순간에 무장해제 됐다.

"듣자 하니 이거 보통 심각한 얘기가 아니군요."

그는 이 선물을 가져와 준 복덩이가 기특해 죽을 것 같았다.

"1금융권 문제로 시작해서 2, 3금융권 피해자들까지 드러내겠다는 건가요?"

"예. 그렇습니다."

"젊은 팀장님이 아주 용단을 내리셨군요. 그래서 내가 어떻게 도와주면 좋겠소."

"이름만 빌려주십쇼."

"이름?"

"저희한테 공개적으로 자료를 요청해 주시면 됩니다. 그러면 저희도 공개적으로 화답하겠습니다."

박성택이 흐흐 웃었다.

"이거 무슨 짜고 치는 고스톱 같구먼. 그러니까 공론화 한번 시켜 보자 이 말입니까."

"그렇습니다. 여론 반응 오면 금세 다른 의원님도 가세할 겁니다."

이건 여론 반응이 안 올 수가 없는 사건이다.

냄새 잘 맡는 놈들은 금세 숟가락 들고 덤벼들 거다.

박성택은 그 사건의 선봉장이 될 생각에 벌써 함박웃음이 나왔다.

"그럼 이렇게 한번 해 봅시다."

"예. 말씀하십쇼."

"내 얼마 되지는 않았지만 소통 채널로 SNS를 운영하고 있어요. 거기에 공개적으로 자료를 요청하면 어떨까? 굳이 기자들 불러 세워 놓고 요란 떨고 싶지 않은데."

"굉장히 훌륭한 생각 같습니다."

주거니 받거니 대화를 나누며 두 사람 얼굴에도 웃음꽃이 폈다.

"근데 이 팀장님. 내가 좀 찝찝한 것도 있는데."

"말씀하십쇼."

"뜬금없이 내가 공정위에 자료 요구하는 게 좀 겸연쩍어. 뭐 좀 이렇다 할 만한 건수 없을까요?"

"사실 그것도 하나 준비해 놓은 게 있습니다."

"흐허허. 준비성이 아주 대단하시네요. 뭡니까?"

"이 문제에 대해 지속적으로 문제제기를 해 온 단체가 있습니다. 금사모라고."

"뭐 금리 인하 거부당한 사람들이었나?"

"예. SNS에 올리시기 전에 이분들 한번 면담하시는 게 어떨까 싶습니다."

박성택은 무릎을 탁 쳤다.

"좋네요. 국회의원이 가장 욕먹는 이유 중 하나가 선거 때만 얼굴 비춰서인데."

"네. 평소에도 민생 사건에 귀 기울이고 있었다는 걸 어필할 수 있죠. 국민들 앞에."

"흐허허."

"괜찮으시면 제가 자리를 마련해 볼까요."

"그럽시다. 당연히 피해자들 만나서 직접 얘기 들어 봐야지."

대화가 무르익자 박성택이 준철의 어깨를 토닥였다.

"우리 한번 잘해 봅시다. 미력하지만 나도 모든 힘을 다 보태겠소."

↻

[가계 부채 3천조 시대, 그리고 은행]

박성택은 금사모와의 면담이 끝나자마자 포문을 열었다.

공정위에 공개적으로 자료를 요구하고, 공정위도 여기 응

한 것이다.

여기까진 별 이슈가 되지 않았지만 그가 SNS에 올린 장문의 글은 반응이 달랐다.

−여당의 무능한 경제 정책과 부동산 폭등은 온 국민을 빚쟁이로 만들었습니다.

그는 시작부터 여당의원 출입금지라고 푯말을 박았다.

사실 그는 지면의 절반 이상을 여당 공격에 할애했다. 다음에 나올 문제들이 모두 집권 여당의 무능이었음을 강조하기 위함이었다.

−치솟는 금리에 밤잠을 설치는 국민들이 얼마나 많은지요.

집권 여당은 민생을 파탄시켜 놓았으면서 정작 그들의 신음은 외면합니다.

제가 얼마 전 공정위에 요구한 자료에 의하면, 현재 1금융권의 금리인하 수용률은 채 30%가 되지 않는다 합니다.

은행이 내부규정을 이유로 인하를 거부하고 있다는 것입니다.

가관인 것은 이 내부규정이 뭔지 아무도 모른다는 것이지요.

이것이 만약 상식적인 대출 계약이었다면 은행도 인하 기준을 고지할 의무가 있습니다. 우리 공정거래법은 이를 우월적 지위를 이용한 갑질 계약이라 말합니다.

공정거래
위원회

(……중략……)

사실 이 문제에 대해 지속적으로 이의제기를 해 온 단체가 있습니다. 금리인하권을 거부당한 사람들의 모임, 금사모 회원들입니다.

얼마 전 저는 이분들과 면담을 갖고 그 고충에 대해 전해 들었습니다. 고리대금에 시달리는 한 저신용자의 사연을 들었을 땐 차마 고개를 들 수 없었습니다.

금리인하권이 업계에서 작용하지 못하는 것은 자명한 사실입니다.

하여 저는 이들을 대표해 금융권에 엄숙히 요청합니다.

금리인하에 대한 명확한 기준을 제시하고, 해당 내용을 고지하십시오.

박성택은 금사모와의 면담 사진까지 올리며 요란법석을 다 떨어 주었다.

팔로우 수천 명도 안 되며, 제목도 촌스러운 이 트윗글은 들판에 불 지핀 것처럼 널리 퍼져 나갔다.

그도 그럴 것이 그의 말이 절반은 사실이었다.

계약한 집이 투기과열지구로 묶이며 2, 3금융권을 이용했던 국민들이 폭증했던 터였다.

법안 홍보도 부족했다.

대부분의 사람들은 금리인하권이 있는 줄도 몰랐고.

알고 있던 사람들도 은행들의 심사 문턱을 넘지 못했다.

―나만 거부당한 게 아니야?

-그럼 대체 기준이 뭐야?

커뮤니티에서 슬슬 화제가 되어 가자 준철은 기름을 퍼부었다.

은행권의 만행과 대부업들의 실태를 여과 없이 모두 발표한 것이다.

공론화에 힘입어 숨어 있던 피해 사례가 속출했고, 언론들은 이 반응을 담느라 정신이 없었다.

[금융권의 금리인하 거절]

[약관에 구체적으로 명시 안 해]

[들쑥날쑥한 기준, 무엇이 문제가]

국민들은 분노했다.

법은 만들어졌는데 이를 보완할 제도적 장치가 전무했다.

금리를 인하하면 손해를 보는 건 은행들이다. 한데 이 인하 심사권을 가지고 있는 것도 은행들이다.

-이거 무슨 고양이한테 생선을 맡기고 있었네!

-저도 금리인하 거부당한 사람입니다. 신용 등급 향상됐고, 가계 수입 증가했는데 절대 안 들어 주더군요.

-내 담당자는 신용 1등급 찍지 않는 한 원래 변화 없는 거라던데.

공정거래
위원회

—은행마다 들쑥날쑥임. 나도 안 됨.

—나 아는 사람은 악다구니 쓰니까 됐다고 하던데.

—아니, 이게 뭐야?

그중에서도 피해 사례가 속출한 건 대부업체 이용자들이었다.

—저는 대출 계약이 좀 이상합니다. 이게 문제돼서 다시 봤는데……제가 계약할 때 금리인하요구 안 하겠다고 서명을 했네요? ㅠ 이럼 전혀 해당 사안 없나요.

—아이고. 그러니까 대출 계약할 때 약관 잘 읽어 봐야지.

—계약서에 해당 사안 아니라고 표기했으면 현실적으로 무리겠네요.

—뭔 헛소리야! 이건 계약서에 표기한다고 포기 안 됨.

—진짜요……?

—당연한 소리! 국가에서 보장한 권리를 어떻게 포기함? 신용 등급 올랐으면 무조건 신청할 수 있음.

—근데 제 담당자는 대부업체에 해당 안 된다 하는데……

—막장이구먼ㅋㅋㅋ 위법 계약이란 걸 아주 계약서에 명시까지 했어?

—혹시 그 대부업체가 법정금리는 지켰나요?ㅋㅋ 이것도 당사자끼리 합의해 버리면 얼마든 어길 수 있는 법인데.

—금리인하권 내부 기준 반드시 공개해라! 은행들이 이해 당사자인데 이걸 왜 스스로 심사하냐? 규정 안 밝히면 마음대로 악용하는지 누가 알

아?

　-동감. 공개해라

　-공개해!

　-이건 차주들 절박한 심정 이용하는 명백한 갑질이다.

　본격적으로 공론화되니 피해 사례도 속출했다. 100명이었던 금사모 회원은 보도 이후 2천 명을 돌파했고, 맘카페는 아예 초토화가 되었다.

　이는 곧 국민청원으로 이어졌고, 삽시간에 20만을 돌파했다.

질 끝판왕 사망

한명그룹
김성균 본부

규정 공개

－금리인하 기준 공개. 이건 금융시장에 대한 이해가 전무하다는 거죠.

－과거 사례를 보면, 은행 규제의 가장 큰 피해자는 늘 취약계층이었습니다.

－무분별한 규제는 당연히 대출 문턱을 높일 겁니다.

여의도 의원을 데려오는 건 지지부진한 대화를 가장 빨리 끝낼 수 있는 방법이다.

하지만 준철이 간과한 부분도 있었다.

바로 금융권도 이 방면엔 선수라는 것.

[선한 목적이 늘 옳은 결과로 이어지진 않아]

[한쪽의 이자 부담이 줄면, 결국 다른 한쪽의 부담 증가로 이어질 것]

내부 관계자들의 익명 인터뷰가 쏟아지며 부작용에 대해 한목소리로 지적했다.

기업은 수익을 보존하려는 관성을 가지는데, 이러면 은행도 취약계층을 더 쥐어짤 수밖에 없다는 논리였다.

협박성 인터뷰가 계속되자 준철도 주먹에 힘이 들어갔다.

'저런 궤변으로 이걸 돌파하겠다고?'

우리는 손해를 보지 않는다, 한쪽에서 밑지면 다른 쪽에서 더 남겨 먹을 거다. 이 소리를 어쩜 저리 뻔뻔하게 해 대는지.

'옌장'

하지만 한 가지는 인정할 수밖에 없다.

금융 취약계층은 사회적 약자들이고 은행은 이들의 생사여탈권을 가지고 있다는 것이다.

"팀장님. 박성택 의원 쪽에서 연락이 왔습니다. 예기치 못한 부작용이 있을 수 있으니 일단 합의점을 찾아보자고……."

협박성 인터뷰의 반응은 즉각적으로 나타났다.

선봉장이었던 박성택 의원도 한발 빼기 시작한 것이다.

"합의점이요?"

"인하기준을 다 공개하는 건 무리더라도 일단 수용률을 높

공정거래
위원회

여 보자고……."

"은행권에서도 현행 30% 수용률을 40%까지 높이겠다 합니다."

"사실 우리도 이쯤 하는 게 어떻습니까."

"은행들이 막상 이렇게 나오니까 불안해하는 사람이 많아졌습니다."

실로 사실이었다.

은행들이 대출 문턱 얘기를 꺼내자, 지금이라도 막차 타야 되느냐고 아우성이었다.

"그건 양보할 수 없습니다. 이번이 은행들 내부 기준 공개할 수 있는 절호의 기회예요."

"하지만……."

"박성택 의원에게 이 자료 보내 주십쇼."

준철이 건넨 자료를 보며 김 반장 눈이 휘둥그레 커졌다.

[끝도 없는 가계 부채, 끝도 없는 금융권 인센티브]

"작년 금융권 인센티브 목록 뽑아 봤어요. 유사 이래 최고 실적이더군요."

가계 부채 3천조 시대는 은행에 기회였다.

저금리로 막대한 돈을 풀었고, 그 이율을 올려 마치 사채업자처럼 돈을 회수해 대고 있었으니.

"신문사에 받아쓰기 좋게 헤드라인까지 작성했습니다. 이거 그대로 언론사에 넘기라고 해 주십쇼."

"……진짜 이래도 되는 겁니까."

"해 주세요. 어차피 박 의원 여기서 못 물러나요. 예상외의 반격에 잠시 주춤하는 거지."

김 반장이 걱정스러운 눈초리를 보낼 때 인터폰이 울렸다.

수화기를 든 준철은 연신 '예, 예.'만 되풀이하다 겨우 전화를 끊었다.

"……보내실 필요 없겠네요."

"예? 무슨 일 있습니까?"

"박 의원이 직접 찾아왔답니다. 저 과장실 좀 다녀올게요."

방에 올라가니 웃음기 하나 없는 얼굴의 오 과장이 기다리고 있었다.

그 옆에는 마찬가지로 웃음기 하나 없는 박성택이 있었다.

준철이 인사를 올리고 자리에 앉자 오 과장이 입을 열었다.

"제 못난 부하 직원 때문에 의원님께서 고생이 많으십니다."

"뭐 그게 국회의원 본연의 역할 아니겠소."

"현재 여의도 분위기는 어떤지요."

"우려가 많아요. 언론 보도 이후 이 문제에 공감하는 국민들이 많으니. 숨어 있는 피해자가 얼마나 될지 감히 상상도 안 됩니다."

주거니 받거니 덕담을 나눴지만 분위기는 냉랭하기만 했다.

금융권이 인질을 앞세워 최후의 발악을 하고 있지 않은가.

표정을 보니 적잖이 신경 쓰고 있다는 게 느껴진다.

"다름 아니라 나는 오늘 이 문제의 해결책을 봤음 싶은데."

"예. 말씀하십쇼."

박성택은 본론을 꺼내기 위해 찻잔을 내려놨다.

"국민청원이 20만을 돌파하며 이젠 청와대도 대답할 수밖에 없게 됐습니다."

"예."

"한데 그들이 너무 까다로운 방패막이를 가지고 있단 말이지."

"금융취약 계층이요."

"네. 사실 금융권이 나에게 여러 차례 성의를 보여 왔습니다. 앞으론 금리 인하 수용률을 더 높이겠다고 하더군요."

박성택은 그리 말하며 끈적한 시선을 보냈다.

"우리로서도 소기의 목적은 달성했으니 이쯤 하면 어떨까 싶군요."

"……."

"사실 청와대든 국회든 문제가 장기화되는 건 좋아하지 않아요. 이 정도가 적정선 같습니다."

이해를 바라는 듯 말했지만 사실 통보에 가까운 말이었다. 국회는 더 이상 장기전으로 가지 말자고 결론 내린 것 같다.

오 과장은 선뜻 대답하지 않고 준철을 바라봤다.

"이 팀장이 직접 대답 드려. 의원님 모셔 온 건 자네니까."

준철은 눈을 질끈 감더니 한 서류를 꺼냈다.

"박 의원님. 이런 말씀 죄송하지만 조금만 더 해 보시지요."

"……응?"

"처음에 법정금리 만들어질 때도 금융사들은 취약 계층 핑계를 댔습니다. 근데 정착되고 나니 결국 이게 옳았다는 게 증명되지 않았습니까."

예상치 못한 대답이었는지 박성택의 눈썹이 꿈틀거렸다.

"이번에도 마찬가집니다. 은행들은 이걸 금융 규제라 하지만 사실은 고삐 풀린 망아지 하나 길들이는 작업이죠."

"이건…… 뭐지?"

"작년 금융사 평균 연봉과 임원들 인센티브 내역입니다."

수직 상승한 그래프가 박성택 눈에 들어왔다.

전 국민이 빚쟁이가 되었단 말이 무색하게 금융업은 호황이다.

"비단 이게 끝이 아닙니다. 이제 금리는 오를 일만 남았

공정거래
위원회

죠."

"……이제부터 시작이라는 건가?"

"예. 지금 물러나면 은행들의 성과급 잔치는 더 성대하게 일어날 겁니다."

"그러니 은행도 금리인하 수용률을 높이겠다 하지 않소."

"저희가 문제 삼는 건 단순히 수용률이 높냐 낮냐가 아닙니다. 돈을 빌려준 놈이 왜 인하 심사를 스스로 결정하느냐는 겁니다."

박성택도 목소리를 높였다.

"그렇다고 외부 기관이 이를 심사할 순 없잖소."

"그러니까 구체적인 기준 만들어서 공개하란 겁니다. 신용 6등급에서 5등급으로 오르면 0.3% 인하, 가계 수입 100만 원에서 200만 원으로 늘면 0.5% 인하. 프리랜서가 정규직으로 취업하면 또 몇 프로 인하."

말장난 못 하게 하려면 구체적인 숫자까지 확 박아 놔야 한다.

"이렇게 법제화시키면 차주랑 은행이 싸울 일도 없습니다."

"……."

"소비자의 선택지도 넓어집니다. 은행들이 더 많은 금리인하 혜택을 만들면서 소비자들 유치하려고 할 겁니다."

내부기준을 공개하면 은행 간에 경쟁도 활성화될 수밖에

없다.

이는 공정위가 가장 바라는 바이며, 금융권이 가장 싫어하는 결과이기도 하다.

"수용률 높여서 뭐 하겠습니까. 결국 은행들 기준은 아무도 모른다는 건데. 이건 화근이 될 줄 알면서도 남겨 놓는 겁니다."

익히 예상했던 반응이 나오자 오 과장이 피식 웃었다.

뭐든 할 때 끝장을 보는 놈 아닌가. 시시각각 변하는 박성택의 얼굴이 서서히 설득되고 있음을 말해 주었다.

"하지만 이걸 법제화하려면 또 시간이 많이 걸릴 거요. 입법이 그리 쉬운 일은 아니니."

"가장 쉽고 빠른 방법이 있습니다."

"쉬운 방법?"

"네. 저희랑 금감원이 시정명령 내리겠습니다."

시정명령.

강제성은 없지만 입법이나 판결에 비하면 가장 빠른 방법이다.

"시정명령이면…… 효력도 없는 것 아니요. 은행들이 안 따를 수도 있는데."

"그럼 그때 나서 주시면 됩니다."

"설마 우리가 뒤에서 분위기만 잡아 달라는 건가? 시정명령 안 따르면 입법도 시킬 수 있다는?"

"네."

입법 과정엔 수많은 난관이 있지만, 시정명령은 기관장의 서명만 있으면 된다.

먼저 던져 놓고 은행들의 반응을 볼 수도 있다.

"만약 그들이 따르지 않으면?"

"……그럼 저희가 포기하겠습니다. 은행들이 금리 인하 수용률 높이겠다는 방안에 응하겠습니다."

어떤 결정으로 이어지든 박성택 입장에선 손해 볼 게 없었다.

내부규정이 발표되면 다음 공천은 프리패스나 다름없는 것이고. 수용률이 높아져도 이거대로 남는 성과다.

그는 한결 밝아진 얼굴로 너스레를 떨었다.

"우리 이 팀장님이 그렇게까지 말씀하시면 나도 어쩔 수 없네요."

"부탁드립니다."

"부탁은 내가 드려야지. 나도 사실 이 중간에서 그만두기가 찜찜해요. 그렇다고 입법을 하기엔 또 꼴이 우스워서."

"……의원님 노고는 저희가 가장 잘 알죠."

"그래? 흐흐. 그럼 나중에 기회 되면 그거 꼭 좀 어필해 줘요."

"여부가 있겠습니까. 은행들의 내부규정 공개는 박성택법으로 불릴 겁니다."

낮 뜨거운 멘트가 이어지자 오 과장이 측은한 눈빛을 보냈다.

밥상을 차린 건 이놈인데, 생색은 숟가락 든 놈이 낸다.

[가계 부채 3천조 시대에 웃는 사람들]
[서민은 울었고, 은행은 웃었다]

금융권의 인센티브 잔치는 곧 보도를 탔다.

박성택 의원은 신문사 헤드라인을 직접 선정해 줄 정도로 이 문제에 열정적이었다.

본래 IMF 같은 대환란 속에서도 돈 버는 부류는 있기 마련이다. 가계 부채 3천조 시대는 금융업 최대 호황의 다른 이름이었다.

은행들의 성과급 잔치는 아침 조간신문으로 시작해 9시 뉴스까지 도배가 되었다.

─이 미친놈들이! 뭐? 금융규제하면 취약계층만 죽어나? 네들 인센티브가 주는 게 아니라? ──

─이거 사실상 국가 대부업 아니냐? 저리로 대출시켜 주다가 금리 살살 올리면 은행만 살맛 나잖아.

-변동금리가 이래서 무서워.

국민들의 격앙된 반응 속에 1금융권 5곳이 급히 회담을 가졌다.

회의실 분위기는 침통하기만 했다. 금융업 규제는 곧 불법 대출 증가. 이 논리로 상황을 타개하려 했는데 오히려 국민들 원성만 더 높아졌다.

"금감원과 공정위가 곧 시정명령을 보낸다 합니다."

"……."

"구체적인 인하기준을 발표하라 할 거요."

"아니, 그거 공개하면 끝장 아니오. 일단 시간을 두고……."

"우리가 계속 같은 말만 되풀이하면 국회에서 입법까지 나설 겁니다."

다들 꿀 먹은 벙어리가 되었다.

사실 공정위의 수사 방식은 정말이지 이해할 수 없었다.

보통 이런 사건은 수면 위로 잘 드러내지 않는 법.

당국과 적당히 줄다리기하다 못 이기는 척 몇 가지 양보하려 했는데, 상황이 예상치 못한 방향으로 흘러갔다.

이 모두 그 젊은 놈 하나 때문이다.

"어찌하면 좋겠습니까."

사장단 시선이 한 사내의 얼굴로 모였다.

하지만 들불처럼 번진 국민들 분노 앞에 대한은행이라고

대책이 있을 리 만무하다.

최 사장은 짙은 한숨을 내쉬더니 어렵게 입을 열었다.

"사실상 최후통첩이군. 시정명령 안 들으면 입법시키겠단 의미니까."

"……."

"일단 공정위 만나 봅시다. 저쪽도 입법까지 가는 건 부담스러울 테니 아직 협상의 여지는 남아 있소."

—가계 부채 3천조 시대가 누군가에겐 잔치판이었습니다. 저금리로 대출을 남발하던 은행들은 국민들의 피땀으로 상여금 잔치를 벌였고, 우리들의 정당한 권리인 금리 인하엔 인색했습니다.

개탄스러운 것은 이게 겨우 시작이란 것입니다.

이제 시대는 혹독한 긴축을 요구하고 있습니다. 비정하게도 금리는 오를 일만 남았습니다. 정부와 여당은 지금이라도 무능한 정책을 시인하고 금융업을 단단히 단속해야 할 것입니다.

박성택을 위시로 한 야당은 연일 비난 성명을 내며 여당을 압박했다. 금감원과 공정위를 동시에 움직일 힘이 청와대에 있었기 때문이다.

사실 유례없는 금리 인상 속도에 국민들의 원성은 이미 극에 달한 터였다.

　－사채업자가 먼 데 있는 게 아니다. 저금리로 대출시켜 주고 고금리
로 올려 버리는 게 사채업자지!
　－ㅇ_ㅈ 금리인하권은 차주가 은행에 대항할 수 있는 유일한 방어권
　－어차피 은행 맘대로 할 거면 법안도 폐기시켜!

　세간에선 금리재앙이란 말까지 나돌았고, 정부를 비판하
는 목소리가 차츰 커져만 갔다.
　이러한 분위기에 힘입어 시정명령은 일사천리로 진행되었
다. 금감원과 공정위원장은 부랴부랴 초안을 작성해 시정명
령에 도장을 찍었다.
　"팀장님. 이 팀장님!"
　그렇게 시정명령 통지 당일.
　김 반장이 헐레벌떡 달려와 불청객의 방문을 알렸다.
　"대한은행에서 찾아왔다고요?"
　"예. 최 사장이 직접 왔습니다."
　하루라도 빨리 받아 보고 싶어서 찾아온 것 같진 않고.
　"뭐랍니까?"
　"진정성 있게 대책을 논의해 보자 합니다."
　이 얘긴 하도 많이 들어서 이제 감흥도 없다.
　보나 마나 좀 봐달라고 사정하러 온 거겠지.

"그래도 혈혈단신 혼자서 왔습니다. 그쪽도 많이 내려놓은 것처럼 보였어요."

"떼거리로 몰려왔으면 출입도 안 시켜 줬을 겁니다. 마침 오늘이 시정명령 통보하려던 날인데."

"너무 그러지 말고 일단 만나는 봐 주세요. 진정성 있게 말하고 싶다잖아요."

그 소릴 한두 번 들어 봅니까.

준철은 꾹꾹 그 말을 삼켰다.

"알겠습니다. 한번 가 보죠."

접견실에 도착하니 익숙한 얼굴이 기다리고 있었다.

'이자였나?'

정체불명의 대화에서 한 번 봤던 얼굴.

시장점유율 1위 대한은행의 최 사장인 것이다.

그가 잔뜩 움츠러든 태도로 인사를 건넸지만 한 치의 동정심도 들지 않았다. 금리인하 거부하고 내부규정 핑계 대라고 한 게 다 이 입에서 나온 말들이다.

"다름 아니라 저희가 좀 드릴 말씀이 있어서 찾아뵙습니다."

"네. 근데 대한은행의 입장을 설명하러 오신 겁니까?

"저희 은행권끼리도 많은 대화를 나눴습니다. 그 내용에 대해 전달드리고 싶습니다."

이러면 안 되는데.

은행들을 대표해서 왔단 말에 어쩔 수 없는 기대가 들었다.

문제가 심각한 건 아나 보지?

"사실 갑작스러운 부분이 있습니다."

"말씀하세요."

"공정위와 저희가 충분한 대화를 가졌더라면 합의점이 나오지 않았나 하는 아쉬움이 드는군요."

김이 팍 새 버렸다.

초반부터 신경 긁는 걸 보니 반성하러 온 놈은 아니다.

"합의점이라……."

"네. 서로 간에 대화가 부족했습니다. 공정위에서 요구하는 몇 가지는 저희도 마침 개선하려 논의를 해 왔거든요."

"한번 들어 봅시다. 어떤 걸 개선하려 했습니까."

젊은 놈이 말끝마다 툴툴거렸지만 최 사장은 평정심을 잃지 않았다.

"첫 번째 개선안은 수용률 인상입니다. 박 의원님께도 전달한 적 있는데, 금리인하 수용률을 40%까지 올리겠습니다."

"현행에서 10%p 더 올리겠다는 겁니까?"

"뭐든 첫술에 배부를 순 없는 법이죠. 저희도 차차 수용률

높여 가며 금리 인하에 적극 매진하겠습니다."

준철은 그를 빤히 보다 서류를 챙겼다.

"역시나 진정성은 안 보이는군. 이만 일어나겠습니다."

"예, 예? 잠시만요!"

"뭘 잠시만입니까. 지금 문제는 돈을 빌려준 놈이 금리인하 심사까지 도맡는다는 겁니다. 근데 10% 더 올려 주겠다는게 해답이 됩니까."

"두 번째 제안도 있습니다!"

그는 다급하게 준철의 옷자락을 잡았다.

"외부 기관을 만들겠습니다."

"외부 기관?"

"돈을 빌려준 우리가 직접 심사를 하니 문제가 된다 이 말아닙니까. 조직 외 사람으로 이 문제를 전담할 심사팀을 꾸리겠습니다."

한 층 더 성의 있어 보이는 제안이었지만 준철의 얼굴은시큰둥하기만 했다.

"그 외부 기관 인사는 누가 선임합니까?"

"당연히 각계 전문가들을 엄선하여……."

"엄선하여 결국 은행들이 선임하는 거죠?"

하나 마나 한 얘기다.

본래 사람은 다 임명장 준 사람 입맛대로 움직인다.

"껍데기만 외부 인사지 결국 내부 인사 아닙니까?"

"저희를 한 번만 믿어 주십쇼."

"믿다가 발등 찍혀서 이 지경에 온 겁니다."

"……."

"긴말 필요 없어요. 은행들이 심사한다는 금리 인하 기준, 누구나 알 수 있게 약관에 공시하고 철저히 지키세요."

"그건 안 되는 거 아시지 않습니까."

"그럼 그게 왜 안 되는지 설명을 해 보세요."

준철은 그리 말하며 따끈따끈한 시정명령서를 내밀었다.

최 사장은 반쯤 눈알이 튀어나왔다.

금감원과 공정위가 동시에 시정명령을 내리지 않았나. 그것도 일반 시정명령이 아닌 과징금까지 붙어 있는 시정명령서다.

"과, 과징금은 뭡니까?"

"내부적으로 고민이 많았습니다. 이걸 불공정 상행위로 봐야 할지, 우월적 지위를 이용한 갑질로 봐야 할지, 약관 명시 위반으로 봐야 할지…… 근데 생각해 보니 세 개를 다 위반하셨더군요. 80억도 정말 싸게 매긴 가격입니다."

최 사장은 뚜껑이 열릴 것 같았다.

혹 떼러 와서 혹을 붙여 간다.

"이건 못 냅니다! 부당 과징금이요."

"그 뒷장도 있습니다. 마저 읽어 보세요."

"뭐?"

"인센티브 파티만 한 게 아니라 경영도 개판이더군요. 하긴 단군 이래 최대 실적인데 임원들 회식비 80억은 싼 편이지."

"……."

"행정소송하면 당신들 방만 경영도 문제 삼을 겁니다."

인센티브 파티는 드러난 일 중 하나다.

실적이 든든하니 법카로 뭔들 못하겠는가.

임원들 골프도 법카로 긁었고, 초호화 회식도 법카로 긁었다. 이 모두 실적이 좋아 적당히 넘길 수 있는 문제지만 이 중엔 절대로 넘어갈 수 없는 내역도 있었다.

"법카로 유흥업소 간 사람 있으면 미리 사표 받아 두세요. 우리가 뭐 망신 줄 방법이 없겠습니까."

최 사장 머릿속엔 지옥이 펼쳐졌다.

지금처럼 예민한 시국에 그런 내역이 공개되면 사회적으로 매장당할 것이다. 그간의 행보로 봤을 때 이 젊은 놈은 충분히 그러고도 남을 놈이었다.

"그럼 시정명령 불복하신 줄 알고 저는 이만 소송 준비하러 가겠습니다."

그렇게 서류를 들고 자리에서 일어설 때, 불쑥 그의 손이 덮쳤다.

"공개……하겠습니다."

그는 축 늘어진 손으로 시정명령서를 꼿꼿하게 잡았다.

"금리 인하 기준 모두 발표하고 시정명령에 따르겠습니다.

공정거래
위원회

다만 저희 위신을 생각해 과징금이라도 어떻게······."

"처음부터 너한테 단독으로 맡겼으면 안 됐어. 성질머리 알고도 맡긴 내가 미련했지."

시정명령서는 각 은행에 잘 전달되었고, 모든 은행에게 승복 답변을 받았지만 오 과장은 치를 떨었다.

"대화로 풀어 보긴 얼어 죽을. 너 처음부터 여의도 의원 데려올 생각이었지!"

"아닙니다. 박 의원이 냄새 맡고 달려온 겁니다."

"네가 면전에 대고 냄새 풍기는데 안 달려올 놈 있냐."

오 과장이 찌릿 눈짓을 보냈다.

진짜로 예측을 불허하는 놈이다.

갑자기 의원을 데려올 줄 누가 알았겠나. 그래도 덕택에 수사가 쉬워진 건 사실이었다.

만약 의원들이 붙지 않았다면 지금까지 입씨름을 하고 있었어야 할 거다.

"됐고. 나 오늘 그 얘기 하려고 온 거 아니야. 이제 은행들이 다 백기 들었다. 근데 넌 이 칼 칼집에 도로 넣을 생각 없지?"

대답을 들어 볼 필요도 없는 질문이다.

놈은 조사 시작부터 대부업이 최종 목표라고 말했고, 이미 실태 보고서까지 올렸다.

"이거 진짜 다 칠 거냐?"

"예. 금리인하권에 해당 없음, 이건 재고 따질 것도 없이 위법 계약입니다."

거기까진 오 과장도 이해할 수 있는 이유였다.

"그렇다고 이 대출 계약 전부를 무효화시켜?"

"과장님."

"내 말 먼저 들어. 법정금리 위반 같은 중대 과실이 아니고서야 대출 계약 무효는 무리야. 이번엔 네가 너무 나간 거다."

심해도 너무 심했다.

마음은 안다만 그렇다고 어떻게 대출 계약을 모두 무효화시킨단 말인가.

정작 그렇게 되면 대부업 시장에 큰 혼란이 올 수도 있다.

"저도 진짜 대출 계약 무효를 바라는 게 아닙니다. 계약서 다시 쓰는 게 본 목적이죠."

"뭐?"

"저희가 대출 계약 무효라 판단하면 대부업들이 직접 연락해 계약서 다시 쓸 겁니다. 위법 조항은 당연히 그때 삭제되겠죠."

그제야 오 과장도 준철의 말뜻을 이해했다.

똥고집은 세도 선은 넘지 않는 놈이 왜 이런 무리한 주장을 하나 했더니.

"너 설마 이 계약 건 다시 알리려는 게 목적이야?"

"네. 대출 계약서 다시 쓰려면 대부업들이 먼저 고객에게 연락 돌려야 할 겁니다."

"네가 친절한 성격도 아니고 굳이 그렇게 하는 이유가 뭐야."

"이 사람들은 뉴스에 떠들썩하게 나가도 사안에 관심 없는 사람들입니다. 아니, 관심이 아니라 자신들이 이 법의 해당자인지도 모르죠."

"그러니까 대부업들이 먼저 연락을 취해야 한다?"

"네. 애초에 이 계약서 들이민 건 그들입니다. 이건 잘못한 쪽이 먼저 연락해야 합니다."

1금융권 이용자는 그나마 법의 테두리 안에 있는 사람들이다.

금리에서 1%도 큰돈이라지만 사실 상환 능력이 다 검증된 사람들이니 체감은 크지 않을 거다.

하지만 대부업 이용자는 기본 금리가 10%대며, 인하 심사한 번으로 수 퍼센트의 이율로 내릴 수 있다.

지금까지의 모든 작업이 이들을 위함이었다 해도 과언이 아니다.

"흠……."

오 과장은 짧게 고민했다.

오래 고민하며 재고 따져도 준철의 생각이 나쁘지 않았다.

대출 계약 무효라는 극약처방이 있어야 놈들도 겁을 먹을 것이며, 고객에게 수정 약관을 설명해 줄 것이다.

"하여간 영악해서는."

그는 혀를 한 번 차더니 서류를 건넸다.

"이번 주 안으로 대부 업체 다 소집해 준다. 네가 하고 싶은 얘기 한 번에 전달해."

"예! 감사합니다, 과장님."

질 끝판왕 사망

한명그룹
김성균 본부

대부업 집합

−최근 제기된 금융권 불신 문제에 대해 저희 대한은행은 책임을 통감합니다. 공정위의 지적대로 저희는 금리인하 기준을 고객에게 공개하지 않았습니다. 내부기준이란 미명하에 불투명한 심사가 계속되었습니다.

 아직 정착 단계의 법안이고, 저희들의 준비가 미흡했던 점도 있지만······ 더 이상 변명하지 않겠습니다.

 −저희 미래은행은 명확한 내부기준을 만들어 이달 안으로 고객에게 고지하겠습니다. 인하심사는 철저히 발표한 내용에 따를 것입니다.

 아울러 추후 대출 계약 시 대출자에게 금리인하요구권에 대해 반드시 설명토록 하겠습니다.

 −······비단 금리인하에 한정하는 게 아니라 대환대출(3금융에서 1금융으로 갈아타기 대출) 심사도 더 적극 검토하여 국민들의 이자 부담을 줄이

는 데 최선을 다하겠습니다.

[물러선 금융권]
[금리인하 기준 공개]

언론사는 금융권의 완벽한 패배를 재빨리 보도했다.

야당은 이번 사태를 금융권에 대한 국민들의 승리라 자평했고, 여당은 청와대의 발 빠른 대처를 높이 평가한다고 자평했다.

이런 분위기에 힘입어 공정위도 과징금 발표를 하지 않았고, 준철도 이 결과에 만족했다.

"팀장님. 대부업체 전부 소집했습니다."

하지만 아직은 속이 다 시원할 순 없었다.

제도권 살짝(?) 벗어난 곳에서 신음하고 있는 더 큰 피해자들 때문이다.

"얼마나 되나요?"

"한 30명 정도 모였어요."

"분위기는……."

"뭐 대놓고 말은 안 하지만 터지기 일보 직전이죠."

김 반장은 대부업 대표들이 모여 있는 회의장 분위기를 전했다.

듣자 하니 살벌하다. 갑자기 대출 계약 무효를 통보했으니

공정거래
위원회

그들도 눈이 뒤집힐 것이다.

'우리 쪽 요구가 무리긴 한데…… 그래도 해 볼 만해.'

그렇게 한숨을 내쉬며 엉덩이를 들 때, 불현듯 익숙한 목소리가 들렸다.

"누가 이렇게 야단법석 피면서 일하나 했더니 또 자네구면."

"어? 홍 국장님?"

"오랜만이야 이 팀장."

시장감시국 홍 국장이 예고도 없이 방문한 것이다.

준철이 엉거주춤 인사하자 그가 옆에 있던 서류를 쓱 집어들었다.

"이게 대한민국 대부업체들 총 명단인가?"

"예?"

"오 과장한테 들을 얘긴 들었어. 싹 다 소집시켰다며?"

"아, 예."

"참 자네다운 발상이야. 이걸 이렇게 처리할 줄이야."

발칙한 놈이다.

대출 계약에 위법 조항을 넣었으니 전부 무효화시킨다. 이걸 다시 진행시키려면 대부업들이 직접 연락해야 한다.

놈들이 직접 대출자에게 연락하게끔 판을 만든 것이다.

"그 박성택 의원인가 하는 사람 데려온 것도 이 팀장이라며?"

"하하……."

"아깝다, 아까워. 그 일머리로 내 밑에서 일했으면 팍팍 밀어줬을 텐데."

"한데 어인 일로……."

"어인 일은 무슨. 원래 금융권 단속하는 게 우리 시장감시국 일이야. 자네가 우리 일 뺏어 가서 얼마나 난감한지 몰라."

홍 국장은 핀잔 조로 말했지만 사실 그 누구보다 대견해하고 있었다.

만약 시장감시국에서 맡았다면 아직까지 은행과 입씨름했을 사건이다.

물불 안 가리고 덤비는 놈 덕택에 일사천리로 일이 해결됐을 뿐.

"근데 대출 계약 전면 무효화는 좀 무리지 않나."

"무효가 목적이 아니라 그들이 직접 대출자에게 연락하게 만드는 게 목적입니다."

"놈들도 선순데 그 꿍꿍이를 모를 리 없어. 자넨 나이도 어려서 띄엄띄엄 볼걸."

"그렇습니다만…… 최선을 다해 보겠습니다."

"아주 끝까지 도와달라 소리 안 하는구먼. 됐으니까 나머지 일은 나한테 맡겨."

준철은 국장님의 말을 이해하지 못해 눈만 끔뻑거렸다.

"팀장이 가서 한마디 하는 거랑, 국장이 가서 한마디 하는

공정거래
위원회

거랑 같겠어?"

"아……."

"왜, 설마 내가 이거 뺏어 갈까 봐?"

"아, 아닙니다. 국장님이 나서 주시면 저야 너무 감사하죠."

"면담 몇 시야?"

"지금 다 모였다 합니다."

천만다행인 일이다.

막상 대부업들을 다 소집시키고 나니 까마득하던 터였다. 이런 문제엔 적당한 권위도 필요한데, 팀장 나부랭이한테 그런 게 있겠나.

"대신 나도 부탁 하나만 하자. 뭐 사건 하나 맡기겠단 건 아니고."

"말씀하십쇼."

"뭐 그 부탁은 이거 정리하고 하자."

"이준철이란 놈은 머리가 어떻게 된 거 아닙니까? 고작 조항 하나 때문에 대출 계약 무효라니!"

"맞습니다. 이게 뭐 법정금리 위반 같은 중대 과실도 아니고!"

"젊은 놈이 1금융권 눌렀다고 아주 기고만장하답니다."

한자리에 모인 대부업체 대표들은 길길이 날뛰고 있었다.

김 반장의 설명 그대로 터지기 일보 직전이었다.

그도 그럴 것이 공정위의 억지가 너무 심하지 않나.

금리인하 요구는 사실상 1금융도 지키고 있지 않던 법안이다. 대출 계약에 억지 좀 부렸다고 파투를 낼 만한 과실은 아니다.

"이 자식 설마 대출 계약 무효가 부채 탕감이라고 생각하는 건가?"

"설마 그렇게 무식한 놈일까. 대출 계약이 무효여도 원금은 갚아야 하는데."

"만약 그런 줄 알았다면 진짜 제 발등 찍는 거지. 우리한테 돈 빌린 놈들 다 사정 급한 사람들이야. 갑자기 원금 내놓으라 하면 오히려 원성이 공정위한테 향할걸."

대부업 대표들은 이를 갈았다.

아무리 생각해도 젊은 놈이 기고만장해서 저지른 실수처럼 보였다.

"다 필요 없고 우리도 오늘 할 말은 합시다!"

"이 처벌은 과격해도 너무 과격해! 이건 법으로 가도 우리가 이겨요."

덜컥.

회의실 문이 열리고 곱상하게 생긴 남자가 등장하자 이들의 입술이 들썩거렸다.

'한마디만 꺼내 봐라.'

'무조건 법대로 간다!'

'법원이 네들의 과격한 처벌을 받아 주나 보자.'

"담소 나누고 계신 모양인데 좀 늦게 왔으면 좋을 법했습니다."

하지만 뒤이어 한 중년 남성이 등장하자 신음이 흘러 나왔다.

"오호. 다 아는 사람들이구먼."

금감원과 더불어 저승사자라 불리는 시장감시국장 아닌가!

시장국은 금융권 전체의 불공정 약관을 감시하는 곳이며, 그런 만큼 홍 국장 얼굴을 모르는 이는 없었다.

"김 대표님. OK대출은 이번에 또 오셨습니까?"

"아, 예……."

"지난번에 '은행'이란 상호명 쓰다 저희한테 적발된 걸로 아는데, 그 뒤엔 별일 없죠?"

"무, 물론이죠. 별일 없습니다."

"심 대표님도 오셨네."

"……아, 예."

"요즘엔 9시 넘어서 독촉 전화 안 하죠? 그때 불법 추심 때문에 한 번 뵌 걸로 아는데."

"어, 없습니다. 직원들 단속 잘하고 있습니다."

홍 국장은 대표들 얼굴을 일일이 마주 보며 살뜰히 안부를 챙겼다.

인사를 받는 당사자들은 차례차례 얼굴이 무너지긴 했지만.

"뭐 좋은 자리가 아닌 만큼 간략히 저희 전달 사항만 말씀드리겠습니다."

"……."

"원칙적으로 이 대출은 다 위법 계약입니다. 이럴 경우 대출 계약 자체가 무효될 수도 있다는 건 여러분도 잘 아실 겁니다."

한마디의 반박도 나오지 않았다.

"물론 이게 부채 탕감이란 의미는 아니지요. 저희도 그런 도덕적 해이를 조장하자고 이런 결정을 내린 게 아닙니다."

"……."

"그러니까 고객들에게 직접 연락해서 해당 내용 삭제됐다고 설명하세요. 계도 기간은 한 달. 찜찜한 일 해결하기엔 충분한 시간일 겁니다."

한 달 동안 차주들에게 모두 연락해야 한다.

단순히 조항만 삭제하는 게 아니라, 차주가 금리인하요구권 당사자인지도 설명해야 한다.

"아, 참고로 내부규정 공개는 대부업에도 해당하는 말입니다. 1금융처럼 인하 기준 공개하고 심사는 오직 이 기준에만 따르세요. 여기까지 질문 있습니까?"

숨소리도 들리지 않았기에 홍 국장은 곧 자리에서 일어났다.

"있으면 따로 저희 공정위에 문의해 주십쇼. 우리 이준철 팀장이 일 하나는 확실합니다."

그는 넉넉한 웃음을 지으며 인사를 하고 나가 버렸다.

준철도 눈치를 보다 꾸벅 고개를 숙이고 국장의 뒤를 따랐다.

두 사람이 나가고 나서도 한동안 대부업 사람들은 말을 이을 수 없었다.

1금융권과 얼마나 피 터지게 싸웠는지 실시간으로 목격하지 않았나.

공정위의 독기가 온몸에 느껴졌다. 저놈들이라면 진짜로 대출 계약을 무효화시켜 버릴 수도 있다.

고객들에게 이 부당한 조항을 설명하고 계약서를 다시 쓰는 수밖에…….

🌀

"감사합니다, 선생님!"
"진심으로 감사합니다."
금사모 회원들을 다시 만난 건 그로부터 일주일 뒤의 일이었다.

"일은 다 해결되셨나요?"

"네. 은행들한테 바로 연락이 오더군요. 금리인하 심사를 재신청했는데, 일주일 만에 승인이 났습니다."

"다행이네요."

"이게 다 선생님 덕분입니다."

"별말씀을요. 박 의원님이 많이 도와주셨습니다."

그리 말하자 그들이 눈을 흘겼다.

"솔직히 도와준 건 고마운데 부담도 컸습니다."

"왜 자꾸 이 문제를 당쟁으로 끌고 가는지 원."

"우리랑 면담할 때도 거의 사진만 30분을 찍었습니다."

박 의원 입장에서야 여당 흠집 내기가 목적이었을 테니 당연하다면 당연한 과정이다.

사실 이편이 깔끔하고 좋았다. 서로의 목적에 부합하니 박 의원도 제 일처럼 발 벗고 나서 주지 않았나.

"이런. 얘기하고 보니 우리가 너무 불평만 하는 것 같네. 네, 그래도 고마운 건 고마운 거죠."

"하하."

"아무튼 선생님 덕분입니다. 감사합니다."

그렇게 1금융권 이용자들과의 작별 인사가 끝날 때.

"선생님 진심으로 고맙습니다. 정말 감사합니다!"

대부업에서 돈을 빌린 사람들이 격하게 준철의 손을 잡았다.

내심 가장 걱정하고 있었던 부류들인데 잘됐을까?

"그쪽은 어떻게 됐습니까?"

"뭔 일인지는 몰라도 갑자기 대출 계약서를 다시 쓰자 하더군요. 그래서 문제 조항 없애고 다시 썼습니다."

"금리인하 신청도 하셨습니까?"

"네. 저희는 4%까지 인하가 됐어요!"

원체 고금리이니 인하율도 높을 수밖에 없다.

그들의 말에 준철도 함께 기뻐해 주었다.

"잘됐네요. 축하드립니다."

"다 선생님 덕입니다. 솔직히 저희 같은 사람 신경 써 주는 사람 얼마 없는데."

"아닙니다. 그리고 자료 하나 드리고 싶어서 준비했는데……."

준철은 서류를 건네고 말했다.

"이번 발표 때 은행권들이 대환대출도 더 적극 활성화하겠다고 약속했습니다."

"대환대출이면…… 갈아타기요?"

"네. 신용 등급이 향상됐거나 가계 수입이 크게 증가했을 시, 3금융 대출을 1금융으로 바꿀 수 있습니다. 대환대출 승인되면 금리인하요구완 비교도 할 수 없을 만큼 이율이 낮아질 겁니다."

덥석.

"감사합니다. 이런 세심한 배려까지 해 주시다니…… 이거 뭐라 감사드려야 할지 모르겠습니다."

"아닙니다. 이게 제 일인데요. 나중에 꼭 대환대출 신청하세요. 항상 응원하겠습니다."

준철은 그들과 손을 맞잡으며 할 수 있는 마지막까지 조언을 해 줬다.

착한프랜차이즈 대회

"착한프랜차이즈 선정요?"

"응. 오 과장은 처음 들어 보나?"

"매년 연말에 상생 우수 기업을 선정하는 걸로 알고 있습니다만……."

"그거 이번에 그 친구 보내. 이준철이."

착한프랜차이즈 선정 사업.

갑질 뚜드려 잡기 바쁜 공정위의 몇 안 되는 기업 진흥 정책이다.

갑질을 적발하는 방식에서 벗어나 상생 문화를 미리 정착시키자는 취지. 몇 안 되는 진흥 사업인 만큼 지휘부의 관심이 집중되는 행사기도 하다.

오 과장이 의아한 건 바로 그 부분이었다.

지휘부의 눈도장을 받을 수 있는 좋은 자린데, 그걸 왜 상관도 없는 종합국 팀장에게…….

"왜 대답이 없어. 그 친구 안 보낼 거야?"

"아닙니다! 이 팀장한테도 좋은 경험 될 것 같습니다. 한데 왜 이런 기회를 저희한테 주시는지……."

"한 자리가 비었거든. 원래 구현수라고 우리 국에서 똘똘하던 놈 있는데, 기회 되니까 바로 본청으로 도망가 버리지 않나."

홍 국장은 씁쓸하게 웃었다.

"이제야 일 좀 시킬 만하니까 바로 도망가 버려. 뭐 욕할 수도 없지. 지휘부 근처에서 일하는 게 승진은 더 빠르니까."

그 섭섭함은 오 과장이야말로 깊이 공감할 수 있었다.

종합감시국에선 빈번하게 벌어지는 일이다. 실적 좋고 일 잘하기 시작하면 바로 타 부처로 보직 신청하거나 본청으로 도망가 버린다.

행시들이야 진급 경쟁이 치열하다 보니 어쩔 수 없는 일이긴 했지만.

"이런 기회를 덥석 받아도 되는지 모르겠습니다. 국장님도 챙겨야 될 직원들이 있는데."

"그리 말해 주면 고맙고. 그럼 나도 부탁 하나만 해도 될까?"

"말씀하십쇼."

"능력 있는 놈이야. 물론 공직 사회에서 튈 수밖에 없는 놈이지만, 그래도 키워 줘야 돼."

뜻을 몰라 눈만 껌뻑거릴 때 그가 덧붙였다.

"나도 돌아가는 사정 다 알아. 인앱 때 그놈이 단독보고서 올려서 자네가 경고 한번 세게 줬다면서?"

"아…… 그건."

"탓하자는 건 아니고. 내가 자네였어도 주의 한번 줬을 거야."

어디로 튈지 모르는 놈, 공직 사회에선 가장 위험한 놈이다.

때론 알면서도 넘어가야 할 일이 있고, 부당하지만 참아야할 일도 있다.

"그래도 너무 나무라면 오히려 조직에서 한계를 느낄 거야. 그리고 딱히 출세 욕심도 없는 놈이라면서?"

"예……."

"난 그런 놈들이 더 무섭더라. 차라리 구현수 같은 놈은 단순해서 상대하기 쉬워, 목표가 진급이고 그것만 내주면 되니까. 근데 자리 욕심도 없는 놈들은 대개 다 돈 욕심 그득한 놈이야."

무슨 걱정인지 충분히 안다.

해마다 갑질 신고 사건은 늘어 가고 있으며 공정위 출신의 전관도 몸값이 높아지고 있다.

지금은 팀장급이라 갈 데도 없지만 5년만 지나면 얘기가 달라진다.

행시 출신의 과장급 인사. 기업에서 감리 직원으로 모셔 가기 너무나 좋은 조건 아닌가.

갑질은 법리가 애매해서 변호를 어떻게 하느냐에 따라 유 무죄가 갈린다.

실력 있는 놈이 기업으로 취직하는 건 정말이지 상상도 하 기 싫은 일이다.

"……명심하겠습니다."

오 과장은 딱히 돈 욕심도 없어 보이는 놈이라 생각했지만 그 말은 꺼내지 않았다.

실력 있는 놈치고 욕망 없는 놈은 없다.

"그래. 몇 안 되는 진흥 사업이니 어려움도 없을 거야. 잘 한번 해 보라고."

오 과장은 문을 닫고 나왔고, 복잡한 생각에 잠겼다.

맡기는 사건마다 핵폭탄으로 만들어 버리는 놈이라 부담 이 드는 것도 사실이었다. 이번에만 봐도 그렇다. 일개 팀장 이 국회의원을 데려올지 누가 알았겠는가?

목표한 바가 있으면 모든 수단과 방법을 동원해서라도 이 뤄 내는 놈이다.

'……'

그런데 만약 이런 놈이 기업에 취직한다면…… 불법 하청 문제도 교묘히 피해 갈 것이고, 적발돼도 과징금을 최대한 낮춰 버릴 것 같았다.

뭐라 딱 설명할 순 없지만 놈은 이런 방면에 타고난 선수다.

"후우……."

생각이 많아지는 오 과장이었다.

༄

기업거래정책국.

가맹거래과.

생각해 보니 그것도 벌써 1년 전 사건이다. 한경모비스 재판 때 뻔질나게 다녔던 곳인데.

"어서 오세요. 가맹거래과 최석춘 팀장이라고 합니다."

"잘 부탁드립니다. 종합국 이준철 팀장입니다."

사업부에 도착하니 책임자로 보이는 중년 사내가 악수를 건넸다.

"소문은 익히 들었습니다. 지금까지 맡아 본 사건 중 한 번의 실패도 없었다고요."

"……과찬입니다. 많이 가르쳐 주십쇼."

"그렇게 겸손 부리지 않아도 돼요. 한경모비스 사건 저희도 다 지켜봤습니다. 오히려 제가 배워야 할 것 같군요."

확실히 '조사'하러 다닐 때와는 다른 반응이다.

최 팀장은 넉넉한 웃음으로 준철을 환대해 줬고, 낯이 뜨거울 만큼 폭풍칭찬을 해 주었다.

하긴 공정위에서 추진하는 몇 안 되는 기분 좋은 사업인데, 서로 싸울 일도 없겠지.

"혹시 따로 궁금한 거 있습니까? 이 팀장님은 제가 구구절절 설명하는 것보다 궁금한 거 몇 가지만 설명드리는 게 낫겠군요."

"사실 저는 이런 프로젝트가 처음이라서…… 이게 구체적으로 어떤 사업이죠?"

"너무 어렵게 생각할 필요 없습니다. 국세청에서도 모범 납세자를 선정해서 홍보하잖아요? 우리도 기업들의 상생 문화를 정착시키기 위해 모범 가맹점을 선정하고, 홍보하는 겁니다."

바야흐로 갑질의 시대였다.

갑질 신고 건수는 해마다 폭증하여 이젠 공정위 인력이 다 감당할 수 없는 지경에 이르렀다.

사안이 이런 만큼 공정위도 적발에서 벗어나 방지라는 계책에 도달했다.

갑질을 적발하는 방식에서 벗어나, 갑질이 없는 기업 문화를 정착시킨다는 것, 이것이 착한프랜차이즈 대회의 취지였다.

"대표적으로 로열티 후려치기, 판촉 비용 전가, 물량 밀어넣기. 이건 가맹본부의 단골 갑질이거든요."

"네."

"이런 나쁜 짓 안 하고, 대리점과 소통할 수 있는 상생협력부 만들면 저희가 상을 주는 겁니다."

최 팀장은 그리 말하며 서류를 하나 꺼내 들었다.

"이게 작년에 착한프랜차이즈로 선정된 기업들이에요. 앞에 세 개가 모범 사례로 선정된 기업들입니다."

그 결과는 무척이나 의외였다.

말만 들어봐선 소상공인들을 위한 축제인 줄 알았는데, 의외의 기업들이 너무 많다.

"이건 편의점 아닙니까?"

"네."

"이곳들은 다 계열사가 대기업들인 걸로 아는데……."

"우린 편견 없이 오로지 결과만 봅니다. 여기 편의점은 자체적으로 어플을 개발해 '라스트오더'라는 시스템을 만들었어요. 마감이 임박한 신선품을 파는 건데. 소비자들은 싼값에 물건 사서 좋고, 점주는 폐기를 줄일 수 있어 서로 윈윈이었단 평가를 받았습니다."

설명을 들으니 감탄이 나온다.

그냥 소상공인 몇 개 띄워 주는 잔치인 줄 알았는데, 생각보다 평가가 엄격하구나.

"그리고 이 커피점은 광고·PPL 비용을 전부 가맹본부가 부담하고, 서로 수평적으로 대화할 수 있게 상생협력부를 따로 만들었습니다."

"그럼 저희 선정사업부가 하는 일은 뭔가요? 저희가 상생 기업 100개를 선정하는 건가요?"

"아니요. 100기업 선정하는 건 선정위가 합니다. 대학교수, 변호사, 가맹점 전문가들로 이뤄진 심사팀이죠."

"하면 저희는……."

"예심을 맡게 되는 거죠. 저희가 추천한 기업 중에 선정 대상이 나옵니다. 그중에서도 우수한 사례는 모범 기업으로 따로 홍보도 될 거고요."

그리 말하며 그가 슬쩍 귀띔했다.

"이게 사실 굉장히 중요한 거죠. 선정 기업 100여 개 중에서도 모범 사례 3개."

모범 사례 세 곳은 웹튜브를 통해 착한 기업으로 홍보까지 해 준단다.

가맹점 입장에선 브랜드 인지도를 올릴 수 있는 좋은 기회이며, 이를 추천한 팀장들에겐 안목과 능력을 입증할 수 있는 기회였다.

'하긴 수상식은 공정위원장이 직접 수상하니…….'

보이지 않는 경쟁이 치열하리라.

공정거래
위원회

"근데…… 이런 사업에 참여자가 많나요? 모범 납세자는 거의 국세청에서 강제로 주는 상이던데."

"아이고. 그렇게 명예만 주는 상이랑 이건 차원이 달라요. 착한프랜차이즈에 선정되면 소상공인진흥공단에서 대출받을 때 금리 우대 0.6%. 신용보증기금도 0.2% 인하."

"아, 실질적인 혜택도 있습니까?"

"당연한 말씀. 작년에 800여 가맹본부가 신청했는데, 이번엔 1천 건도 훌쩍 넘었어요. 이거 예심 통과도 쉽지 않습니다."

소상공인들은 정부 기금에 사활을 걸 수밖에 없다.

대출 단위가 수십, 수백억대인 기업 입장에서 0.8%는 너무나 큰돈이다.

더불어 이 사업에 선정되면 공정위가 보장하는 '상생' 마크도 1년간 내걸 수 있다. 인지도 낮은 브랜드에게는 착한 기업으로 홍보할 수 있는 좋은 기회인 것이다.

"생각보다 많이 치열하군요."

"네. 돈이 달려 있는 문제니까. 흐흐. 2주간 심사하고 저희 추천 목록에 따라 선정위에서 최종 결정 날 겁니다. 이 팀장님도 좋은 기업 많이 추천해 주세요."

↻

"야, 박 조사관. 넌 또 뭘 그리 얻어 왔어?"

"반장님도 이거 하나 드셔 보세요. 제주도에서 없어서 못 파는 로얄 한라봉이랍니다."

"로얄은 얼어 죽을. 마트에도 널려 있는 귤이구먼. 그만 좀 얻어먹고 다녀, 보는 내가 다 눈치 보인다."

"제가 뭐 동냥하고 다니나요. 흐흐. 확실히 사람은 곳간에서 인심 나는 것 같습니다. 좋은 사업 진행해서 그런지 다들 얼굴에 웃음이 만연해요."

평화로운 나날이었다.

얼굴 붉힐 일 없으니 타 부처 사람들과 간식도 나눠 먹고 좋다.

"그만 좀 놀러 다녀라. 내일모레가 추천 목록 올리는 날이야."

"에이 정리 다 끝내고 놀러 다니죠. 추천 기업 다 정리했습니다."

서류를 본 김 반장이 눈을 흘겼다.

"다섯 개 기업, 이게 끝이야?"

"네. 대리점한테 판촉 비용 안 떠넘기고, 상생협력부도 만든 착한 기업들입니다. 그중엔 배달비 아껴 보겠다고 직접 배달 어플을 개발하는 곳도 있어요."

그리 말하다 박 조사관이 말했다.

"근데 반장님. 여기 음식점 하나는 좀 애매하던데…… 어떡할까요."

"어딘데."

"[복순 할미 국수]라고. 전국에 매장이 15개밖에 안 되는 국숫집이에요."

김 반장이 눈살을 찌푸렸다.

"작아도 너무 작네. 이런 건 뭐 하려고 올렸냐? 브랜드 인지도도 평가 요소라던데."

"근데 이 할머니 경영 방식이 진짜 퍼 주지 뭡니까."

"뭐?"

"대리점한테 넘기는 물품이 멸치 육수랑 김치 딱 이 두 가진데 제값도 안 받는 거 같아요. 그리고 대학생들이 학생증 제시하면 국수를 50%나 할인해 준대요."

"아니, 그럼 대리점들은 뭐 먹고 살아?"

"그 손해 비용을 본사에서 전액 지원하고 있어요. 정주에선 꽤 유명한 할머니라 신문 인터뷰도 했던데, 보실래요?"

[사람이 원래 헐벗고 굶주렸을 때 먹은 밥맛은 죽어도 못 잊는 법이여. 혹시 알간? 대학생들이 돈 많이 벌면 우리 국시 팔아 줄지. 워렌 버픈가 하는 작자도 아침은 늘 같은 식당에서 먹는다잖여. 돈이 그렇게나 많은디.]

참으로 희한한 할머니다.

상품이 아니라 사람에 집중하라, 경영 서적에 단골로 등장하는 말이지만 대기업도 실천 못 하는 격언 아닌가.

　　[복순 할미 국수]는 학생증만 제시하면 국수를 반값에 팔았고, 이 손해를 전부 가맹본부에서 부담하고 있었다.

　'이런 기업이 있었나.'
　사실 사회적 기업을 표방하며 이름 날린 음식점은 종종 있었다. 대부분 자본주의를 못 이겨 망했을 뿐.
　하지만 [복순 할미 국수]는 점진적이지만 꾸준히 매출이 성장했고, 대리점도 15개로 늘어난 음식점이었다.
　"이게 신문에 난 기사라고요?"
　"네. 정주 일간지에 여러 차례 났더군요. 그쪽에선 꽤 유명한 국숫집이랍니다."
　"굉장히 이질적이네요. 본사에서 할인 강요하고 그 비용 대리점에 떠넘긴 사례는 많이 봤었는데."
　준철은 묘한 찜찜함이 들었다.
　보고도 믿기지 않는 경영 방식…… 때문만은 아닌 것 같다. 처음 보는 국숫집 이름에서 계속 익숙한 기시감이 들었기 때문이다.
　'복순 할미 국수…… 복순 할미…….'
　막상 또 기억은 안 나는데, 이 익숙함은 뭘까.
　"근데 이게 끝인가요? 이 내용이 사실인지 아닌지 증빙할 만한 자료는요."

"그것 때문에 따로 보고드렸습니다. 가맹본부에 연락해서 자료 좀 넘겨달라 했는데, 도통 연락이 없더군요."

"그럼 신청은 왜 한 겁니까?"

"본사가 직접 한 게 아니라 대리점 사장들이 추천해서 올라왔습니다. 얘기 들어 보니 작년에도 증빙 미달로 떨어졌더군요."

대리점들의 추천을 받는 가맹본부라…….

이들은 서로 이를 갈았으면 갈았지, 좋은 일에 상 타라고 등 떠밀어 주는 관계가 아닌데.

"어떻게 할까요. 사회적 기업인 것도 좋고, 가맹-대리점 관계도 돈독해 보이는데."

착한프랜차이즈 취지의 가장 걸맞은 사례였지만 준철은 고개를 저었다.

평양 감사도 제 싫다면 어쩔 수 없는 일이다.

"어려울 것 같네요."

"하긴 증빙 자료 없이는 역시 무리겠죠?"

"네. 돈이 달려 있는 문제인지라."

넉넉한 웃음으로 환대해 주던 최 팀장이 정색하며 강조한 얘기도 있다.

바로 심사의 공정성.

이런 문제에서 시비가 불거지면 지원 사업의 취지도 크게 퇴색될 수밖에 없다.

"알겠습니다. 그럼 저희 추천 기업은 이 네 개로 픽스하겠습니다."

"네."

그렇게 김 반장이 물러간 후.

준철은 싱숭생숭한 마음으로 서류를 뒤적거렸다.

안 된다고 결정 내렸지만 머릿속을 맴도는 찝찝함 때문이었다.

[복순 할미 국수]는 전국 가맹점이 15개밖에 안 되는 작은 프랜차이즈였다.

이곳은 대리점에 로열티도 거의 받지 않았고, 광고 비용도 본사가 다 자비 부담했다. 필수 재료인 멸치 육수와 김치는 다 손수 만들어 마진도 거의 떼지 않고 대리점에 넘겼다고 한다.

'…….'

하지만 어쩌겠는가.

이를 확인할 자료가 있어야 상을 주지.

'미련 접자. 안 되는 건 안 되는 거야.'

그렇게 서류를 파쇄기에 넣으려던 찰나.

불현듯 싸한 직감이 머리를 타고 올라왔다.

"그럼 저 다녀오겠……."

"잠깐만요 반장님! 이 국숫집 혹시 본사가 정주에 있습니까?"

"아, 예. 아까 다 말씀드렸는데……."

정주에 있는 복순 할미 국수.

문득 옛 생각 하나가 머릿속에 스쳤다.

계속해서 왜 이런 기시감이 드는지 알 것 같았다.

◎

"축하해. 김 부장. 난 자네가 따낼 줄 알았어."

처음으로 공공기관 공사를 따냈던 순간은 아직도 잊을 수가 없다.

건설사끼리 입찰 담합해 따낸 게 아니라 순수하게 실력으로 따낸 공사였으니.

"정주대학교 증축 공사. 그거 이번에 20개나 입찰했다면서?"

"비행기 그만 태워. 그래 봐야 겨우 5개월짜리 공사야."

"5개월짜리 공사는 공사 아니냐? 그리고 이거 입찰 담합도안 했다면서. 이사님들 입이 아주 귀에 걸렸더라."

입찰 담합은 다른 건설사와 짜고 경매하는 것을 의미한다.

사실 그래서 더 머릿속에 남는 기억이었다.

다른 건설사에게 일감 안 나눠 줘도 되니 완벽한 승리다.

"고맙다. 근데 이 부장이 나 많이 도와줘야겠어. 견적을 너무 낮게 불러 이 기간에 공사 가능할지도 모르겠다."

"이거 어째 하청들 쥐어짜란 소리 같구먼."

"부탁 좀 해도 되지?"

"하하. 걱정 마. 내가 공사 들어가는 부대 비용 다 줄여 줄 테니까. 그럼 오늘 술은 내가 김 부장한테 얻어먹어야겠네."

입사 동기 이병수는 부대사업부장을 지내는 놈이었다.

마스크, 목장갑, 인부 모집 등 공사에 필요한 외적인 일을 담당하는 놈이었다.

여러모로 건설부와 호흡 맞출 일이 많았는데, 한날 놈이 잔뜩 얼어붙은 얼굴로 찾아왔다.

"김 부장…… 나 자네한테 부탁 하나만 해도 될까."

자초지종을 들었을 땐 놈의 뺨을 올리고 싶었다.

"뭐? 함바집을 돈 받고 선정했어?"

놈이 나 몰래 함바 비리를 저지른 것이다.

치가 떨려 말도 제대로 나오지 않았다. 정주대학교 증축 공사는 내 손으로 따낸, 총책임자가 나인 나의 첫 공사였다.

회사에서 언제 접대받고 다니지 말라 했나?

하청사들 집합시키면 왕 대접해 주고, 쏠쏠하니 용돈도 챙겨 준다. 하지만 놈은 먹어도 먹어도 배부른 줄 모르는 놈이었다.

"얼마나 받았어?"

"5개월짜리 공사라서 얼마 안 되는데……."

"묻는 말에나 대답해! 얼마나 받았냐고."

"사, 사백 정도."

문제는 그다음부터였다.

뒷돈 받고 함바집을 선정했는데, 10분 거리에 있는 한 국숫집이 말썽을 일으킨 것이다.

그쪽도 아침 댓바람부터 장사를 시작했는데, 인부들은 공짜로 주는 함바집보다 기꺼이 돈을 내면서 그 국숫집을 이용하고 있었다.

"……인부들이 밥집 바꿔 달라고 난리야. 인력사 사장들이 내게 직접 말할 정도면 본사에 요청할 건가 봐."

뒷돈으로 쓴 돈이 400인데 음식 상태가 정상일 리 없다.

공사와 관련한 핵심적 사업이 아니니 무리 없이 교체될 일이었다.

달리 말해 놈의 비리가 들통나는 건 시간문제였다.

"계약한 업체는?"

"본사에 날 고발하겠대."

"그냥 그 돈 돌려줘. 너 이거 감사로 들어가면 끝장이야."

"……그 얘기도 몇 번이나 해 봤는데 안 먹혀. 날 고발하겠대."

상황 파악이 다 끝났을 땐 이미 돌이킬 수 없는 상태였다.

"그럼 그 국숫집 찾아가서 말해 봐. 거기만 문 닫게 만들면 될 거 아니야."

"해 봤어. 근데…… 그쪽도 안 닿겠대."

그날 나는 놈과 담배가 남아나지 않을 때까지 피워 댔다.

속으로 생각했다. 당장에 감사과로 달려가 이 사실을 알릴까? 이건 하청들한테 받는 접대와는 비교도 할 수 없는 문젠데.

"한 번만 도와줘……."

"나더러 뭘."

"김 부장이 이런 방면엔 선수잖아. 얘기가 나와서 하는 말인데…… 솔직히 자네가 따낸 견적은 너무 무리였어. 나도 이 단가 맞추려고 하청들 많이 후렸다."

"이 자식이 왜 얘기 거기로 새!"

"그니까 그 집 찾아가서 잠깐만 문 닫게 해 줘. 그럼 나 딴 말 안 할게. 이번에 도와주면 은혜 꼭 갚을게!"

놈은 그리 말하며 고개를 조아렸다.

생각해 보면 그때 그놈 부탁을 들어주면 안 됐다.

❧

놈의 부탁을 받고 찾아간 〈복순 할미 국수〉는 간판이 다 떨어져 가는 허름한 가게였다.

초로의 노인이 혼자서 운영하고 있었는데 눈빛의 총기가 남달랐다.

무거운 마음을 이기며 계산대 앞에 섰을 때, 할머니가 대뜸 쏘아붙였다.

"밥값 안 받겠으니 그냥 가시구려."

"……예?"

"반찬만 뒤적거리는 거 보니 밥 먹으러 온 사람은 아닌 것 같고. 넥타이 맨 거 보니 공사꾼 같지도 않아 뵈고."

"……."

"뭐던 용건으로 남의 가게에 왔소. 택이네에서 보냈나?"

첫인상 그대로 만만치 않은 할머니였다.

나는 잔뜩 주눅이 들었다.

"한명건설에서 나왔습니다. 공사 총책임자 김성균 부장이라고 합니다."

할머니는 내 명함에 눈길도 주지 않으며 식탁을 치웠다.

"용건만 말하소. 덕담하러 온 것 같진 않아 뵈는데."

"……함바집 간에 사소한 다툼이 있다고 들었습니다만."

"다툼은 닝장할. 택이네 저것들이 음식 개판으로 만드니 인부들이 죄다 우리 가게로 왔지."

"……."

"고깃국에 고기가 없고. 된장국엔 미역이 나온다지 않소. 한날은 제육볶음이 나와서 좋다 먹었는디 점심께 배앓이를 했답디다. 부장님은 이것도 알고 계시는가."

할 말이 없었다.

그 아낀 반찬값이 전부 이 부장 뒷돈으로 들어간 것일 테니.

"나도 밥장사하는 놈이지만 고거슨 선을 넘어도 한참을 넘었제. 을매나 부실하믄 인부들이 돈 따로 내고 우리 국시를 먹고 가겠소."

"그냥 단도직입적으로 말씀드리겠습니다. 저희랑 정식으로 계약한 업체는 택이네입니다. 당분간 아침 장사 하지 말아 주십쇼."

"하이고— 난 또 뭔 소리 하나 했네."

"어차피 저희 5개월만 공사하고 나갈 겁니다. 그에 대한 사례도 제가 넉넉히 드리겠습니다."

100만 원짜리 수표를 내밀자 노인은 식탁을 엎어 버렸다.

"썩 끄지라이! 내가 이 돈 받을 성싶나."

"사장님, 저희끼리 싸워 봐야 누구 손해겠습니까."

"경찰 부르기 전에 당장 나가랑께!"

"구청에 신고하면 이 가게도 무사치 못합니다."

"뭐시? 그려 많이 해 싸라! 나는 반찬도 재탕 안 하고 원산지도 안 속인다. 단속을 맞아도 택이네가 맞겠지."

나는 커피 자판기에 케케묵은 먼지를 쓸어 냈다.

"대기업은 이런 먼지 찾는 데 선숩니다. 그만하시죠."

"그니까 해 보랑게."

"바깥에 만 원 이하는 현금 결제만 받는다 써 놓으셨죠. 이거 만약 국세청에 신고하면 어떻게 될까요."

"……뭐?"

"하다못해 공짜로 돌리는 이 자판기 커피도 위법입니다. 저희가 문제 삼자면 이 종이컵도 단속 맞을 수 있어요."

노인의 얼굴은 사색이 됐다.

대기업이 어떤 놈들인지 이제야 깨달은 것 같았다.

나는 다시 100만 원짜리 수표를 내밀며 말했다.

"잔돈은 안 받겠습니다. 밥값이라 생각해 주십쇼."

그렇게 식당을 나오기 전까지, 노인은 내게 한마디도 대꾸하지 못했다.

그 뒤로 복순 할미 국수는 더 이상 아침에 국수를 팔지 않았다.

뒷돈을 받고 장사를 한 함바집은 음식이 조금 나아졌으며 인부들의 불만도 얼마 못 가 사그라들었다.

5개월짜리 공사는 그게 끝이었다.

사실 그 일은 내 기억에서 이미 없어졌을 만큼 사소한 문제였다.

질 끝판왕 사망

한명그룹
김성균 본부

아는…… 얼굴

탱탱한 면발에 칼칼한 국물.

각종 해산물로 24시간 우려낸 육수라는데 결코 과장이 아닌 것 같다.

한겨울의 추위도 국수 한 그릇에 물리칠 수 있다니.

"후‒ 후‒."

적당히 쉰 김치는 또 어떤가.

전라도 특유의 젓갈 향이 듬뿍 배어 있고, 기호에 따라 간도 맞춰 먹을 수 있는, 그야말로 천연 조미료의 정석이었다.

그때는 왜 이런 맛도 몰랐었는지.

'……맛있네.'

다시 찾은 정주의 [복순 할미 국수]는 옛 기억과 많이 달라져 있었다.

기울어진 간판은 할머니 얼굴이 큼지막하게 박힌 패션 간판으로 바뀌었고, 허름한 1층 식당은 건물 한 채를 통째로 쓰는 국수 타워가 되어 있었다.

가게 앞에 붙여 놨던 '현금결제' 부탁도 '카드 환영' 문구로 바뀌어 있었다.

하긴 사업이 이쯤 커지면 국세청이 슬슬 무서워질 만하지.

가게에서 예전의 모습은 전혀 찾아볼 수 없었다.

"서평댁! 밴댕이젓 이래 묻히면 김치에 간이 밴다냐? 봐라, 김치에 양념이랑 배추랑 따로 논당께."

…….

"아, 우리 집 김치는 고춧가루 사용 안 한다니께. 고추를 물에 뿔리고 갈어 브러. 여기다 젓국만 첨가해서 맛 내는 게 핵심이다, 핵심!"

그중에는 절대 변하지 않은 것도 있었다.

10년 만에 만난 할머니는 여전히 여장부다운 기세로 목소리를 과시했다.

주걱 하나 들고 다니며 잔소리를 해 대는 모습이 영락없는 중대장 포스다.

"할미요! 거 잔소리 좀 그만하슈. 이나저나 별 맛의 차이도 없당께."

"이것은 어디 혓바닥에 된장 발랐남. 음식 장사 하는 놈이 이걸 왜 몰러!"

"서평댁아. 그냥 암소리 말고 젓갈 더 넣어라이. 그라다 이 양반 또 김치 다 배려 뿌고 온다."

저도 모르게 웃음이 나오는 준철이었다.

원산지도 안 속이고, 반찬 재탕도 안 한다며 신고해 보라는 할머니 아니었나. 김치 맛이 마음에 안 들면 아예 다 버려버리는 모양이다.

음식에 대한 애정은 여전하다.

"이게 뭐 국시집이여 김치집이제. 하루 쬥일 김장만 하네."

"군소리 말어라. 국수는 김치 맛이 반이여."

"사장님. 그라지 말고 차라리 김치집을 하소. 이렇게 정성 들여 담가 왜 국숫집을 연담. 요즘엔 뭐 종가집이다 뭐다 김치 장사 많더만."

"그려 할매. 어차피 국수는 다 대리점 사장들이 팔아 주겠다 이참에 딴 사업 하나 하소."

복순 할미는 고무장갑을 끼더니 눈을 흘겼다.

"사업은 닌장. 내일 당장 객사해도 서러울 게 없는 나이여."

"그런 양반이 왜 학생들한테는 반값에 국수 판대. 그놈들이 돈 벌어서 우리 국수 팔아 줄 때까지 살 작정 아니었수?"

"그건 또 서평대 말이 맞제. 거기서 난 적자 메우려면 우리도 사업 하나 더 해야 혀."

"정 힘드시믄 나한테 가게 하나 내주소. 내가 잘 키워 볼

게."

김장의 묘미는 역시 수다다.

김치 사업으로 시작한 얘기는 곧 아침 드라마에서 바람난 주인공 얘기로, 자식들 등록금 얘기로 옮겨붙었다.

가게가 문 닫을 시간에 도착했기에 그들의 대화는 여과 없이 다 잘 들렸다.

"계산 좀 부탁드립니다."

준철은 떨리는 마음으로 계산대에 갔다.

자신을 알아볼 리 만무하다만. 과거의 아는 얼굴을 만난다는 게 이토록 긴장될 수 없었다.

그렇게 떨리는 마음으로 계산대에 섰을 때 서평댁이라 불리던 중년 아줌마가 나왔다.

"우리 집 맛있제."

"……예?"

"오늘 마지막 손님이라 3인분 담아 줬는디 다 비워서 말이우."

"아, 예. 맛있습니다."

"서울에서 왔는가? 이렇게 때깔 좋고 양복 입은 사람은 처음인디."

준철은 쓱 웃었다.

젊은 사람만 보면 궁금증이 폭발하는 여느 아줌마의 모습이다.

"네. 서울에서 왔습니다."

"역시나 내가 사람 때깔은 잘 봐. 서울에도 우리 가게 많아요. 많이 팔아 주시구려."

"네. 맛있게 잘 먹었습니다. 근데 혹시 사장님 좀 뵐 수 있을까요?"

"엥? 사장님 왜?"

"긴히 드릴 말씀이 있어서요."

김장하던 사람들의 이목은 금방 집중됐다. 복순 할미는 입술을 씰룩거리더니 무심한 얼굴로 일어났다.

"오늘 퇴근 안 할겨? 싸게 싸게 마무리하고들 가."

노인은 고무장갑을 벗으며 준철에게 왔다.

"첨 보는 얼굴인디 왜 늙은이를 찾수?"

"다름 아니라 제가 공정거래위원회에서 나왔는데요."

"그려. 어디 공장에서 나왔는디."

"공장이 아니라 공정거래위원회라는 곳인데…… 그냥 공무원입니다."

터럭.

복순 할머니는 들고 있던 고무장갑을 놓쳐 버렸다.

"고, 공무원. 혹시 단속하러 나왔다요?"

"아닙니다. 저는 그런 공무원이 아니라 다른 일 하는 공무원이에요."

"에그머니나. 다행이구먼. 공무원 하니까 웬 쌍놈 하나가 생각이 나서."

복순 할미는 놀란 가슴을 진정시키며 고무장갑을 주웠다.

준철이 대략 공정위가 어떤 곳인지 설명했지만, 관심이 전혀 없는 눈치였다.

"뭔 말인진 몰라도 좋은 일 하는 선생 같구먼. 근디 뭐 한다고 늙은이를 찾수?"

"사장님. 혹시 착한프랜차이즈 선정 사업이라고 아시나요?"

"그 뭐냐 상생인지 뭐시기 하는지 주는 상?"

"아, 아시는군요."

"닌장할 그거는 내가 하도 들어가 귀에 인이 박힐 지경이야."

"……예?"

"대리점 사장들이 노상 나한테 설명해 싸지 않소. 근디 뭔 서류를 무진장 제출해야 하더만. 난 관심 없수. 그러다 내 명에 못 죽어."

복순 할머니는 정말 직설적인 사람이었다.

관심 없는 얘기가 나오자 고무장갑을 끼고 도로 돌아가 버렸다.

"한디 그건 와?"

"저희가 할머니 국숫집을 추천드릴까 하는데요. 관련 자료가 좀 미비합니다."

공정거래
위원회

"또 어려운 얘기 시작됐고만."

"그렇게 어려울 건 없습니다. 저희한테 영업 자료 몇 개만 넘겨주시면 알아서 해 드리겠습니다."

"이 나이 먹고 뭔 부귀영화를 누리겠다고. 그 상은 더 좋은 사람한테 주소."

무심한 반응에 옆에 있던 주방 아주머니가 거들었다.

"사장님. 그라지 말고 공무원이 와서 해 달라면 해 주소. 어차피 그 자료 다 장남이 관리하는 거."

"솥에 가서 불이나 끄고 와. 왜 또 쓸데없는 참견이여."

"보는 사람 답답해서 그래요. 남들은 못 받아서 안달이라는디 왜 꼭 고집이람."

"사람이 헛물켜다 실망하는 것만큼 우스운 게 읎다. 보니까 전국에 수천 개씩 되는 편의점 같은데 주더만. 나는 분수에 벗어나는 짓 안 혀."

그러자 옆에 있던 정읍댁이 거들었다.

"그라믄 와 가맹점을 내줬수. 분수 따질 거면 정주에서나 장사하지."

"내가 하자 했나. 놈들이 노상 찾아와서 가게 좀 차리게 해 달라 하니 내줬지."

"노상 대리점들한테 연락해서 매출 걱정해 주는 양반이."

"씰 없는 소리 마라! 기냥 내 음식 팔아 주는 게 기특해서 몇 번 연락한 겨."

복순 할머니는 준철에게 눈을 흘겼다.

"귀찮응게 그냥 가소. 국시값은 안 받겠구려."

"사장님. 이게 그 기특한 분들에게 큰 도움이 될 수 있는데요."

"뭐?"

"어려운 설명 싫어하시니 간단히 말씀드릴게요. 이 사업에 선정되면 정부에서 은행 이자를 깎아 줍니다."

할머니가 눈만 꿈뻑거리자 서평댁이 거들었다.

"그게 뭔 소리다요?"

"소상공인 공단에서 지원하는 대출이 있거든요. 아마 중소 프랜차이즈라 다 해당되실 거예요. 이 사업에 선정되면 이 이율을 거의 1%까지 깎아 드립니다."

그 말에 주변 사람들이 쑥덕거리기 시작했다.

제아무리 시골 사람이라도 1%가 얼마나 무서운 돈인지는 안다.

"가만. 이번에 새로 계약한 정 사장, 가게 연다고 3억 대출하지 않았남?"

"동대문 최 사장도 가게 보증금 올라서 급하게 대출 찾더만."

서평댁이 조심히 손을 들고 물었다.

"선생님. 말만 들어선 뭐 다 준다는 거 가튼디, 그걸 왜 우리한테 준다요."

"상생 경영의 모범을 보여 주셨더군요."

"우리가?"

"네. 국숫집 홍보 비용도 대리점에 안 떠넘기고, 핵심 자제도 매우 저렴한 값에 공급하셨잖아요."

"고거슨 당연한 건데 뭘……."

"그리고 복순 할미 국수는 배달비도 안 받으시려고 많은 노력을 하셨더군요. 천 원 배달은 참 획기적이었습니다."

복순 할미는 콧방귀를 뀌었다.

"고거슨 내가 잘한 게 아니라 세상이 미쳐 돌아가는 거여. 국수가 4천 원인데 배달이 5천 원인 게 말이 되남."

"그건 그렇습니다만……."

"배달이라도 잘하믄 몰라. 맨날 국수 뿌러 터졌다고 전화나 오고. 그래서 내가 경로당에서 노는 노인들 데려다 2천 원 주고 배달시킨겨."

"그중에 또 1천 원은 본사에서 지원해 주지 않았습니까. 요즘은 이런 기업 정말 없습니다."

"참말로 끈질긴 놈이구만잉……."

"참고로 여기서 모범 사례로 선정되면 저희가 전국구로 홍보도 해 드려요. 상생 우수 마크도 드리고."

"……뭐?"

"큰돈 들이지 않고 브랜드 인지도를 올릴 수 있는 기회가 될 겁니다. 당연히 대리점 사장님들에게도 혜택이 가겠죠."

광고 얘기가 나오자 복순 할머니도 잠시 주춤했다.

사업이 전국적으로 확대되며 복순 할머니도 광고비의 무서움을 실감했다.

TV 광고는 아예 엄두가 나지 않았고. 만만한 버스, 지하철 광고도 국수 수천 그릇 가격이었다.

하지만 아예 안 할 수도 없는 노릇이다. 입소문의 한계는 이미 깨닫고 있었으니.

그래서 준철의 제안에 조금의 호기심이 들었다.

인지도를 대폭 올릴 수 있는 기업 홍보라니.

"……그래서 그거 될라믄 뭐 하면 된다요."

"별거 없습니다. 해당 내용을 확인할 수 있는 증빙 자료만 있으면 돼요."

복순 할미는 더 이상 눈을 흘기지 않았다.

강하게 부정하지 않는 건 허락한다는 의미일까.

노인이 주춤거리자 서평댁이 기다렸다는 듯 말을 이었다.

"선생님. 그라믄 우리 할미 장남한테 가이소."

"장남요?"

"응. 돈이랑 대리점 관리는 다 그쪽에서 하니께 이 할미랑 더 얘기할 것도 없수."

그러거나 말거나 복순 할미는 김장에 한창이었다.

분명 다 듣고 있을 텐데 무슨 반응인지 모르겠다.

"그럼 사장님. 대리 제출로 저희가 가져가도 될까요?"

대답이 없었다.

"저 사장님……."

"아, 싸게 가져가시오. 뭔 말인지 하나두 못 알아먹겠네."

"아, 예."

"근디 매장 천 개 있는 착한 놈이랑, 딸랑 10개 있는 착한 놈 중에 누구 줄지 빤한 거 아니여? 괜히 헛물켜는 거 아닌가 몰라."

"밑져야 본전 아니겠습니까. 흐흐. 저도 최선을 다해 볼게요."

모범 사례까지 바라는 건 무리겠지. 하지만 착한프랜차이즈로선 이만큼 적격인 기업도 없다.

과거의 인연과는 별개로, 애초 그런 확신이 없었다면 여기까지 찾아오지도 않았을 것이다.

𐐂

일주일 뒤.

기업거래정책국에서 최종 심사가 열렸다.

선정사업부 팀장들이 추천한 기업 중 최종 100기업을 발표하는 자리였다.

'진흥' 정책 특성상 얼굴 붉힐 일이 없었기에 다들 잔치 분위기였지만 곧 공기가 무거워졌다.

'······저 사람이 신 교수인가?'

심사위원장 신영석 교수가 등장했기 때문이다.

현재 청운대 명예교수인 그는 한때 공정위 자문관에서 일한 사람이었다.

얼핏 들으면 한 식구 같겠지만 실은 시어머니와 며느리 관계다.

사람이 일 잘 풀릴 때 자문을 쓰겠나. 막힌 사건 검토받고, 쓴소리 받을 때 쓰지.

성격도 쓴소리에 최적화된 사람이다.

그는 작년에도 심사위원장을 맡았는데 추천한 기업 중에 마음에 드는 곳이 없다며 50개 기업만 선정해 버렸다 한다.

지휘부의 긴 설득 끝에 겨우 100기업 선정으로 마무리되었지만 악명은 이미 퍼져 나간 후였다.

"이 팀장님, 멀리 가지 말고 그냥 여기 앉으세요."

"아, 최 팀장님."

"저 영감님 가까이 앉았다간 귀청 떨어질 수도 있습니다."

최 팀장은 경험자답게 명당 자리를 안내해 주었다.

"저분이 신영석 교수님인가요?"

"네. 소문은 익히 들었죠?"

"성품은 좋지만 약간 깐깐한 분이시라고······."

"소문이 잘못 난 모양인데 성품도 괴팍스럽습니다."

최 팀장의 묵직한 분노가 느껴졌다.

공정거래
위원회

하긴 100개 기업 선정해 달라 모셨는데, 50개만 뽑겠다 하면 사람 미치고 팔짝 뛸 노릇이다.

추천한 사람들을 무능력자로 만드는 일 아닌가.

"그때 저 홍 교수님이 중재 안 해 주셨으면 반쪽짜리 사업으로 끝났을 겁니다."

최 팀장은 신 교수 옆에 있는 홍만석 교수를 가리켰다.

마찬가지로 호호백발의 노인이었는데, 젊은 팀장들과 격의 없이 인사 나누며 환한 미소가 끊이지 않는 사람이었다.

아무래도 빛과 어둠의 콤비인 모양이다.

"너무 험담만 했나. 그래도 이유 없는 심통은 안 부리는 양반입니다. 우리가 넘어야 할 마지막 산이니 잘해 봐요."

"네, 팀장님. 파이팅입니다."

단상으로 향하는 최 팀장 얼굴에선 결기가 느껴졌다.

이번엔 지난 사업에서의 부족한 부분도 많이 보완했고, 기업들의 반응도 좋았다.

기필코 저 영감에게 꼬투리 잡히지 않으리라.

"안녕하십니까. 이번 착한프랜차이즈 선정사업부 팀장 최석춘이라고 합니다."

심사위원들이 착석하자 곧 개회식이 시작되었다.

"먼저 사업 결과를 설명드리겠습니다. 작년에 약 800기업이 신청한 데 이어 올해는 1,083개 기업이 신청하였고, 저희 선정본부는 이 중 300기업을 추천으로 올렸습니다. 해당 사업의 반응은 고무적이었습니다. 가맹점들을 대상으로 만족도를 조사한바, 80%의 가맹본부가 해당 사업이 지속되어야 한다 응답했습니다. 이는 가시적인 결과로도 이어졌습니다. 자발적으로 상생 기구를 설치한 사례가 크게 늘었고, 이는 앞으로…….”

신 교수가 손을 들었다.

“그만하시게. 기자들 불러 놓은 것도 아닌데 영 민망하구먼.”

“아, 예.”

“기업들의 신청 건수가 늘어난다는 건 매우 환영할 만한 일이야. 가맹점에서 자발적으로 상생 기구를 만드는 건 우리 사업의 취지에도 걸맞은 일이고.”

“그렇습니다.”

“다만 자네들이 올린 이 추천 기업 명단을 보는데, 과연 일을 제대로 하고 있나 하는 의문이 드는군.”

역시나 이번 심사도 조용히 넘어가긴 글렀구나.

신 교수가 시동을 걸자 바로 홍 교수가 바로 거들었다.

“뭐가 또 그리 심술이우?”

“추천으로 올라온 가맹점들이 다 거기서 거기야. 광고비 안 떠넘기고, 로열티 안 올리고. 이건 뭐 당연한 것들인데 언제까지 상 줘야 돼?”

“그 당연한 게 잘 안 지켜지니까 장려해 보자는 거 아니야.”

"그럼 안 지키는 놈들을 때려잡아서 과징금을 때려. 뭐 개근상도 아니고 할 거 했다고 상을 줘."

모두가 절망하며 고개를 숙일 때 준철의 눈빛은 반짝거렸다.

소문만 들었을 땐 앞뒤 꽉 막힌 노인네 줄 알았는데, 아닌 것 같다. 자신만의 원칙과 소신이 있고 그게 남들 기준보다 좀 높은 사람일 뿐이다.

"그리고 내가 진짜로 궁금한 사람이 있어. 이 기업들 추천한 사람이 누구야. 이준철 팀장?"

난데없이 자기 이름이 나오자 식은땀이 흐르는 준철이었다. 쭈뼛쭈뼛 일어나자 그가 마뜩지 않은 눈빛으로 한 번 훑었다.

"추천 기업이 다 자체 배달 어플 개발하는 놈들이야. 이유가 있나?"

"제가 경험은 없지만……."

"쓸데없는 서두 됐으니 본론만 말해 봐."

준철은 침을 꿀꺽 삼키고 말을 이었다.

"요즘 요식 업계 최대 고민은 음식이 아니라 배달인 것 같습니다. 급격한 배달비 인상으로 외식비 인플레이션이란 말까지 돌 정도입니다. 제가 추천한 기업은 누구보다 이 문제 해결에 적극적이었던 기업들입니다."

"그 어플들이 다 효과가 미비한 건 알고?"

"배달은 진입 문턱이 높은 시장이라 단기간에 효과 보기 힘들 겁니다. 하지만 이 기업들은 어려운 줄 알면서도 꾸준히 투자했고, 그 과정에서 생긴 투자비 모두 본사가 부담했습니다."

상생이 꼭 로열티만 덜 받는다고 해서 되는 게 아니다.

정당한 로열티를 받되 그 돈을 회사와 미래를 위해 쓴다면 그 또한 상생이 될 수도 있다.

"대리점에겐 상생도 중요하지만 못지않게 장생(長生)도 중요하다 생각합니다. 하여 지속적으로 R&D(연구개발)에 투자한 본사에 높은 가산점을 주었습니다."

막힘없는 대답에 신 교수도 살짝 당황한 눈치였다.

"그럼 자네가 가장 추천하는 이 복순 할미 국수는 어떤 점이 강점이지?"

"이곳은 노인 일자리 창출에도 이바지하고 있었습니다. 어르신들을 배달 대체 인력으로 썼거든요. 누군가에겐 소일거리가 생기고, 소비자는 배달비를 줄일 수 있으니 서로 윈윈이었습니다."

"흠."

"또한 대학생들에겐 특별 할인을 해 주어 싼값에 식사 한 끼를……."

신 교수가 혀를 찼다.

"내가 제일 찝찝한 게 그거야. 자네는 방금 입으로 장생도 중요하다 했는데, 이렇게 사회적 기업 표방하는 곳치고 오래 가는 놈 못 봤거든. 막 퍼 준다고 좋은 기업이 아닐세."

"이건 퍼 주는 게 아니라 장기 고객 확보를 위한 단기 손해로 보입니다."

"뭐?"

"사장님의 밥상 철학이 확고하더군요. 어려울 때 먹은 밥맛은 죽을 때까지 못 잊는다. 이 국숫집은 주로 대학가를 끼고 성장했는데, 매출도 꾸준히 성장했습니다."

본사에서 제출한 매출 자료.

점진적이지만 꾸준히 우상향이다.

이게 과연 대학생들이 정말 돈 벌어 국수를 사 먹었는지, 아니면 트렌드에 민감한 대학가 근처라 입소문을 탔는지 모르겠지만. 가맹점이 성장세라는 사실은 부정할 수 없었다.

'웃기는 놈이구먼.'

준철의 설명이 계속되자 헛웃음이 나오는 신 교수였다.

가맹거래과도 아니고, 나이도 어리다. 행시 출신이라 경험도 없을 텐데 말은 청산유수지 않나.

웃긴 건 자신도 이 젊은 놈의 말에 서서히 설득되고 있다는 것이다.

상생을 넘어 장생을 도모하는 기업.

투자비를 결코 대리점에 부과하지 않는 기업.

추천된 기업 중 찾아보기 힘들 만큼 드문 사례였고, 취지에도 걸맞은 업체였다.

"……그래서 추천드렸습니다."

대답을 마친 준철은 신 교수의 눈치만 살폈다.

호락호락하지 않은 영감님이신 것 같은데 과연 마음에 드는 대답이었을까.

"저만하면 설명 다 들은 것 같은데, 심사위원장님은 더 듣고 싶은 말이 있나?"

"흥. 말은 번지르르하군."

"그럼 뭐 더 듣고 싶은 말은 없고?"

"알아서 해. 내가 듣고 싶은 대답은 다 들었어."

홍 교수는 슬쩍 웃더니 말했다.

"여러분들이 각고의 심사 끝에 추천한 기업은 잘 보았습니다. 우리가 선정한 100기업은 아마 여러분들의 예상과 크게 다르지 않을 거요."

"네."

"다만 모범 사례 3곳은 아직 논의가 좀 필요하니 좀 기다려들 주시게."

"알겠습니다."

⟳

"젊은 친구가 아주 말 잘합디다."

"그러게. 상생이 아니라 장생을 연구해야 한다니."

"어지간한 놈들은 우리 신 교수님 얼굴만 봐도 덜덜 떠는데 눈 하나 꿈쩍 안 하더구먼."

모범 사례 선정은 사실상 준철의 발표 평가나 마찬가지였다.

"듣자 하니 그 국숫집도 자기가 정주까지 내려간 거랍니다."

"그래?"

"네. 거기 사장도 이런 일엔 영 관심 없었는데, 그 젊은 팀장이 가서 자료 제출해 달라 부탁했답니다."

들을수록 재밌는 놈이다.

되도록 귀찮은 일에 연루되고 싶지 않은 게 공무원이건만. 직접 정주까지 내려가 자료를 요구하고 왔다니.

"근데 그 국숫집은 너무 가맹 규모가 적지 않나."

"그건 그렇습니다. 사업 취지랑 딱 맞긴 한데 가맹점이 겨우 20개도 안 되더군요."

"착한기업 100은 몰라도 모범 사례로는 좀……."

심사위원 네 명의 중론이었다.

모범 사례로 쓰기엔 브랜드가 너무 작다. 대대적인 정책 홍보로도 쓰일 텐데 너무 인지도 없는 기업을 쓰기엔 무리가 있었다.

그렇게 회의가 기울었다 싶었을 때.

홍 교수가 슬쩍 웃으며 잠자는 사자의 코털을 건드렸다.

"나중에 또 무슨 심통을 부리려고 이리 조용해."

"뭐가."

"말하는 거 좋아하는 양반이 왜 한마디도 없어. 진짜 이대로 픽스해도 돼?"

홍 교수가 세 개의 기업을 뽑자 그가 콧방귀를 뀌었다.

"또 편의점이랑 커피점밖에 없네."

"뭐가 또 마음에 안 들어?"

"이거 다 까고 보면 대기업 계열사들 아니야. 소상공인 진흥 정책인데, 이게 맞는지 원."

"대기업이든 소기업이든 상생 잘했으면 주는 거지. 그러지 말고 속 시원히 말해 봐. 선정하고 싶은 기업 없어?"

신 교수는 입술이 씰룩거렸고, 홍 교수는 웃으며 바라봤다.

"그거도 선정해."

"뭐?"

"젊은 놈이 추천한 거 말이야. 복댕인가 뭔가 하는 국수."

"브랜드 인지도 제일 따지는 게 신 교수님 아니었나. 뭐 평판도 주요 평가 중 하나고."

"생각이 바뀌었어. 작은 식당치고 경영 좀 할 줄 아는군."

그때 옆에 있던 남자가 조심히 난색을 표했다.

"하지만 규모가 작아도 너무 작지 않습니까?"

"취지에 딱 맞는데 규모 작다고 배제하는 것도 웃기는 일이야. 작은 기업이 모범 사례로 쓰이면 다른 기업들에게도 자극이 되겠지. 그리고 작년 우수 사례도 커피점이랑 편의점이었어."

"하긴…… 편의점이나 커피점은 원체 다 대기업 계열사들이라 안팎에서 말이 많았죠."

"듣고 보니 신 교수님 의견도 나쁘지 않겠습니다."

홍 교수가 마지막으로 물었다.

"그럼 다들 이 모범 사례 선정 결과에 동의하는가?"

질 끝판왕 사망

한명그룹
김성균 본부

교수님의 갑질

착한기업 100은 팀장들의 예상을 벗어나지 않는 기업들로 선정되었지만, 그중엔 예상을 벗어난 결과도 있었다.

쟁쟁한 경쟁자들을 물리치고 [복순 할미 국수]가 모범 사례로 등극한 것이다.

심사위는 지속적 투자, 투자비 본사 부담이란 점을 높이 평가한다며 심사평을 발표했다.

사실 이번 발표는 패러다임의 전환이었다.

이 상은 더 이상 당연한 거 했다고 주는 상이 아니다. 본사가 미래를 위해 얼마나 연구개발에 투자하는지도 지켜보겠다, 는 의미였으니.

파격적인 발표에 모두 입을 다물지 못할 때, 종합팀은 일

찌감치 샴페인을 터트렸다.

"팀장님! 우리 추천 기업이 모범 사례까지 갔습니다."

"이거 정책 홍보 자료로 쓸 텐데 아주 제대로 한 건 하셨네요."

전문가인 가맹거래과 팀장들을 제치고 자신들이 모범 사례를 올리지 않았나.

모범 사례는 총 세 곳이었는데, 다른 곳은 모두 대형 프랜차이즈, 대기업 계열사 프랜차이즈였다.

다윗이 골리앗을 이겼다 평해도 무방한 결과였다.

"모두 고생하셨어요."

준철은 덤덤한 얼굴로 반원들을 격려했다.

"괜히 저 때문에 마음 졸이셨죠. 미운털 박힐까 봐."

"아이고 아닙니다. 우리가 이런 경우가 한두 번도 아니고."

"……예."

"이거 시상식엔 위원장님하고 조정위원장님까지 참석하신대요. 또 눈도장 찍으시겠군요."

정말 기대가 되지 않는 눈도장이다.

올해의 공정인상을 탄 대가가 경주에서의 지옥훈련 아니었나.

어정쩡하게 웃으며 고개를 주억거릴 때 박 조사관이 전리품을 들고 등장했다.

"운영지원과에서 카드 내려왔습니다! 오늘 회식 마음껏 하라네요."

박 조사관이 엉덩이를 씰룩거리자 준철이 짐을 챙기며 일어났다.

"그럼 오늘 회식하고 먼저 들어가세요."

"엥? 팀장님은요."

"저는 취소하기 힘든 선약이 있어서."

"그런 게 어디 있습니까!"

"죄송해요. 내일 뵙겠습니다."

말이 더 길어지기 전에 준철은 서둘러 뛰어나왔다.

오늘은 꼭 가 봐야 할 곳이 있다. 그리고 이 이야기는 직접 할머니 얼굴 보며 전해 주고 싶었다.

🌀

식당 아주머니들은 김장 옷 바람으로 나와 준철의 설명을 들었다. 그 설명이 끝났을 때 바로 축제 분위기가 되었다.

"옴마─ 진짠가? 우리가 모범 사례라꼬?"

"네. 아마 정책 홍보 자료로도 쓰일 겁니다. 혜택은 물론이고요."

"이 좋은 광고를 공짜로 하게 생겼네!"

복순 할미는 더 이상 무심한 얼굴로 나오지 않았다.

감정 표현이 서툴기는 하지만 기뻐한다는 건 충분히 느껴졌다.

"거봐요. 우리 국수집은 신청만 하면 무조건 된다니까!"

"사장님. 이거 젊은 팀장님께서 많이 도와주셨어요."

누구보다 기뻐하는 건 미리 모여 있던 대리점 사장들이었다.

소상공인 지원금이 막대하지 않나. 장사를 시작하며 은행에 빚만 늘었는데 이자 부담을 대폭 줄일 수 있게 되었다.

복순 할미는 앞치마에 손을 닦더니 준철의 손을 잡았다.

"욕봤소. 늙은이 괜한 고집 때문에."

"별말씀을요."

"선생 덕택에 우리 사장들 부담 좀 줄일 수 있겠구먼."

"도움이 됐다면 다행이네요. 근데 저…… 세부적으로 전달한 사항이 있는데 따로 뵐 수 있을까요."

"그려. 다들 먼저 고깃집 가 있으소. 나는 선생이랑 얘기 좀 하고 가네."

아주 성대한 회식을 예약해 놨나 보다.

사람들이 빠져나가고 둘만 남게 되자 할머니가 조심스레 물어왔다.

"전달할 얘기가 뭐당가. 안 좋은 얘기유?"

"아니요. 축하드린단 말씀을 따로 드리고 싶어서요."

"난 또 뭐라고. 침침한 얼굴로 있어서 늙은이 놀랐잖여."

"그리고 감사합니다."

공정거래
위원회

"감사는 무신. 젊은 팀장님이 도와줘서 내가 덕 봤지."

준철은 슬그머니 할머니의 손을 잡았다.

"아니요. 인부들한테 좋은 반찬 써 주시고, 밥도 정성스럽게 만들어 주셔서 감사합니다. 덕분에 제가 얼마나 한심한 놈인지 다시 깨달았습니다."

"그게 무신……."

"제가 사실 10년 전에 할머니를 뵌 적이 있습니다. 정주대학교 공사할 때였는데, 아침에 늘 여기서 국수랑 김밥을 먹고 갔어요."

"뭐시어? 팀장님도 우리 국수 맛본 적 있는가?"

"네. 국수 맛은 그때나 지금이나 변함이 없더군요. 음식에 대한 사장님의 정성이 여전해서 그럴 겁니다."

이번 일만 잘해서 타는 상이 아니다.

그간 보이지 않는 곳에서 덕을 쌓았고, 그것이 이번에 보상받은 것일 뿐이다.

과거 얘기에 할머니는 크게 반가워하면서도 아리송한 표정이 되었다.

"근디 나 그띠 아침 장사 얼마 못 했는디. 웬 쌍놈 새끼가 와 지랄혀서."

노인은 급히 말을 주워 담았다.

"에구구 내 정신 좀 봐. 좋은 얘기 하는데 또 괜히 씰 없는 얘기 했구먼. 아무튼 장하네. 고학해서 이렇게 멋진 공무원이 되셨구먼."

"네. 사장님 덕분입니다."

준철은 시선을 쓱 피하며 서류 가방을 들었다.

"일주일 안으로 저희 본부에서 사람이 나올 겁니다. 추후 절차에 대해 설명드릴 거예요."

"으잉. 알아서 잘해 주시것제. 근디 온 김에 밥이나 먹구 가. 전화로 해도 되는 얘길 뭐 한다고 이렇게 와 줬나 몰람."

"마침 갈 데가 있어서 잠시 들렀습니다."

"그럼 들른 김에 밥이나 먹고 가."

"괜찮습니다."

준철은 서둘러 자리를 피했다.

그렇게 10분 거리에 떨어진 정주대학교 캠퍼스로 향했다.

당시 증축했던 건물은 중앙도서관으로 쓰였고, 대학캠퍼스의 낭만이 흠씬 물들어 있는 모습이었다.

준철은 그 주변을 한동안 서성이다 머릿돌을 쓰다듬었다.

열악한 처우에도 공사를 잘 마무리시켜 준…… 인부들에게 한없이 미안한 마음이 드는 밤이었다.

๑

"어서 오십쇼 홍 이사님, 신 이사님."

"이사는 무슨 자문관에서 은퇴한 지가 언젠데. 이젠 편히 교수라 불러 주게."

종합감시국 김태석 국장은 홍 교수와 신 교수를 나란히 모셨다.

사실 세 사람은 불편한 관계였다.

자문관(법무보좌관)은 공정위의 작은 감사실로 불리는 곳 아닌가. 조사가 막히면 조언도 많이 구했고, 그 과정에서 쓴소리도 적지 않게 들었다.

"세월이 흐르긴 흐른 모양이야. 자네가 우리한테 커피를 다 타 주고."

"죄송합니다. 현직에 계실 때 제가 너무 잘 못 모셨죠."

"그런 말은 아니고. 그땐 또 서로 역할이 달랐으니."

"두 분은 현직에 계실 때보다 얼굴이 더 좋아지신 것 같습니다."

"그래? 대학생들하고 부대끼니 젊은 기운이 옮았나 보구먼."

"자네도 은퇴하면 재취업하지 말고 대학으로 와. 돈은 얼마 못 벌어도 후학을 양성한다는 보람은 있네."

한동안 옛날이야기와 덕담이 오가며 웃음꽃이 피었다.

하지만 겨우 추억이나 곱씹자고 따로 부르진 않았을 터.

"근데 김 국장이 오늘 우리를 왜 불렀을꼬."

"눈치 보지 말고 말해. 뭔 일 터진 게야?"

두 사람이 슬쩍 운을 떼자 김 국장이 조심히 서류를 꺼냈다.

"사실 두 분께 자문을 구하고 싶은 일이 있습니다만."

"이게 뭐지?"

"저희 종합국에 들어온 익명의 투서입니다. 출처는 청운대 환경공학과 대학원생들 같습니다."

범상치 않은 얘기에 두 교수는 바로 찻잔을 내려놨다.

"환경공학과 한명석이라는 교수가 연구비를 착복했다더군요. 혹시 아는 교수입니까?"

"한명석이라 하면…… 그 수질연구원 아니야? 한국 수질 업계에서 꽤 권위 있는 걸로 알고 있네만."

"네. 맞습니다. 그 사람이 연구비 카드를 개인 용무에 쓰고, 대학원생들에게도 부당한 행위를 했다고……."

두 교수는 조심히 서류를 들었다.

익명의 제보는 김 국장 말 그대로였다.

한국 수질 업계에서 권위자로 꼽히는 한 교수가 연구비를 횡령한 사실이 내역별로 세세하게 적혀 있었던 것이다.

사실 교수들의 비리 문제는 해마다 있는 문제였고, 이 내용도 그리 특이할 건 없었다.

"근데 이걸 왜 공정위가 가지고 있나? 단순 횡령 사건 같아 보이는데 검찰에 넘겨야지."

"……이 사람이 입찰 담합까지 한 모양입니다."

두 교수의 눈이 번쩍 뜨였다.

공정거래
위원회

"입찰 담합?"

"네. 2년 전에 환경원에서 공공 입찰을 하나 냈습니다. '농촌지역 비점오염원 관리'라고…… 쉽게 말해 원인 미상의 오염원을 파악하는 연구인데 10억짜리 사업이었습니다."

"그걸 담합으로 따냈다?"

"네. 제보에 따르면 주요 대학 4곳이 여기에 들러리사로 참여했답니다. 적정 공사 가격은 8억 정도 되는데 2억을 더 불렀다네요."

두 교수는 무너진 얼굴을 추슬렀다.

"적정 공사가가 8억이었다는 건 누구 의견이야?"

"……제보 내용이었습니다."

"그럼 신빙성은 없네. 중립적인 기관에서 평가한 것도 아니고 고발 당사자들이 한 말이니."

"그건 그렇습니다."

"그럼 이게 입찰 담합이라는 증거는 어디 있어?"

"아직 결정적인 증거는 없습니다만 한 교수 밑에 있는 연구생 네 명이 입찰 담합이라 하더군요."

신 교수는 혀를 찼다.

"그건 잘 생각해 봐야 할 문제일세. 아닌 말로 교수한테 당한 게 억울해서 조작했을 수도 있어."

"그래서 따로 조언을 구하고 싶었습니다. 이걸 해야 될지 말지."

"원칙상으론 안 돼. 증거 없이 어떻게 수사기관이 함부로 움직여."

"맞는 말씀입니다만…… 입찰 담합이란 게 증거가 쉽게 잡히는 사건이 아니지 않습니까."

조사 기관이 작정하고 달려들어도 찾기 어려운 게 담합 증거다. 일개 대학원생한테 이 증거를 요구하는 건 사실상 하지 않겠단 얘기다.

두 교수는 김 국장이 어떤 난처함에 처했는지 알 수 있었다.

"사건을 덮자니 심증이 많고, 하자니 증거가 없다. 이 말이구먼."

"네. 그래서 두 분께 좀 청을 드리고자 합니다."

"말해 보시게."

"대학 내부 문제 같은데, 두 분께서 징계위를 건의해 주실 수 있을까요."

경찰이든 검찰이든 대학은 어지간해선 직접 건드리지 않는다.

지식인이라는 상징성 때문에 자칫 수사기관의 탄압으로 비칠 수 있기 때문이다.

그래서 쓰는 방법이 대학 내 자체 기관인 징계위원회다. 교수 개인의 비리가 발견되어도 일단은 징계위에 회부시키며 그들의 결정을 존중하는 편이다.

"징계위라…… 그럴 바에야 안 하는 게 낫지. 자네도 알잖

공정거래
위원회

아? 징계위들 다 대학 내부 사람이라 제 식구 감싸기라는 거."

"아, 예."

"그리고 한 교수는 예전에도 한 번 회부된 적 있을걸?"

"아시는군요. 그때도 연구비 사적 유용으로 문제됐었습니다."

당시에도 참다못한 대학원생 세 명이 한 교수 비리 사실을 폭로했다고 한다. 하지만 결과는 흐지부지.

한 교수의 비리는 상당 부분 사실로 확인되었으나 엄중경고로 징계는 마무리가 되었다.

"……해서 말인데. 이거 저희가 어떻게 하면 좋을까요."

신 교수와 홍 교수는 말없이 서류만 뚫어져라 봤다.

❦

한명석은 국내에서 '물박사'로 통하는 최고의 수질 연구자였다.

주로 농촌 지역의 원인 미상 오염수를 연구했는데.

부교수 때 화학 회사의 폐수 방류 사건을 밝혀내며 농림부의 표창까지 받았다.

이 일로 스타덤에 오른 그는 청운대에서 다수의 산학협력 팀을 이끌었고, 왕성한 연구 실적으로 업계에서 명망이 높았다.

하지만 명성과 평판이 늘 비례하진 않는 법.

그는 제자들의 논문 가로채기 논란이 끊이질 않았고, 연구비 횡령 문제로 징계위까지 회부된 적이 있었다.

물론 '물박사'라는 간판에 잔기스 슬쩍 난 정도로 모두 마무리되었지만.

"그러니까 제발 그만둬! 너희들이 아무리 뭉쳐 봤자 한 교수 못 이겨."

청운대학교 환경공학부 연구실엔 아침부터 전쟁이 펼쳐졌다.

공정위에 고발을 주도한 석박사들이 대자보까지 붙이겠다 알려 왔기 때문이다.

수석연구원 이민석은 오늘 반드시 이 반란군을 진압해야만 했다.

"너희들 이거 뒷감당할 수 있어?"

"뒷감당? 그럼 한 교수는 뒷감당 어떻게 하려고 내 논문 홀라당 가져갔대요?"

"성주야."

"한탄강 수질 연구! 내가 석사 때부터 혼자 한 연구예요. 민석 선배가 더 잘 알잖아."

"……."

"나는 지도교수가 내 뒤통수 칠 줄 몰랐어요. 세상에 논문 첨삭 몇 번 해 줬다고 그걸 어떻게 홀라당 가져가!"

그들은 소위 말하는 '무명연구자'였다.

젊은 시절 연구했던 성과를 모두 지도교수에게 바치는 꿀벌들.

"민석 선배도 잘 생각해 봐요. 지금까지 한 교수한테 뺏긴 연구 실적 안 아까워요?"

"……."

"선배야말로 우리 중에 제일 많이 뺏긴 사람인데 이럼 안 되죠."

11년째 한 교수 밑에서 석박사를 밟고 있는 이민석이 잠시 주춤했다.

소리는 질렀지만 누구보다 이들의 심정을 잘 알고 있었기에.

이민석이 주춤하자 4인방이 더욱 열을 올렸다.

"그렇다고 한 교수 언제 우리 인간대접 해 줬어요? 나 매일 3시만 되면 그 집 딸내미 어린이집으로 갔어요."

"난 그 사람 미국에서 오면 만날 공항으로 마중 나갔어!"

"나는 새벽에 대리운전까지 불려 나가 봤습니다. 한 교수 우리 연구 카드로 룸살롱 다니는 건 알아요?"

모를 리가 없는 이민석이다.

한 교수를 가장 오래, 가장 가까이서 모신 게 그 아닌가.

사모님이 쇼핑을 가면 가방모찌를 하러 다녔고, 그의 노모가 살아 있을 적엔 병 수발까지 다녔다.

하지만 이 모두 한 가지만 생각하면 못 견딜 게 없는 굴욕
이었다.

국내 최고 수질 전문가에게 받은 박사 학위…….

그 한 줄의 이력이라면.

"겨우 그거 가지고 이 난리야? 너희들 대학원 올 때 이 정
도 각오도 안 하고 왔어?"

"누가 그럴 각오로 대학원을 와. 공부하러 왔지!"

"그럼 공부 때려치우고 취직해 봐. 과연 사회가 너희들이
원하는 대우해 주나."

"……."

"대학원도 사회랑 마찬가지야. 저 사람을 교수라 생각하지
말고 부장님, 사장님이라 생각해 봐. 그래도 억울해?"

4인방은 반박하지 못했다.

꿈에 그리던 직장에 취직했는데 상사가 저런 사람이
면…… 그래도 참지 않았을까 하는 못난 생각이 들었다.

"거봐. 마음먹기 나름이라고."

"……."

"그리고 한 교수 고작 이걸로 안 무너진다."

이민석의 얼굴은 싸늘하게 변했다.

하나만 생각해야 한다. 좋든 싫든 논문 통과는 오로지 한
교수의 손에 달렸다. 그리고 이제는 그 끝이 머지않았다.

"두 번째 징계위는 다를 겁니다."

"그렇게 믿고 싶은 거겠지. 징계위 수십 번 열려도 그 사람 안 무너져."

"흥. 그래? 그럼 더 잘됐네. 우리도 어차피 징계위 하나 마나인 거 알고 공정위에 신고까지 했는데."

이민석은 눈이 번쩍 뜨였다.

"뭐, 뭐라고? 공정위?"

"한 교수 이 프로젝트 담합으로 따냈잖아. 다른 네 개 대학들 들러리 붙여서. 그거 이미 접수됐답니다."

"이 자식이!"

"근데 그렇게 연구비 부풀린 게 이번 한 번이었나?"

"민석 선배. 우리 말릴 생각 마요. 횡령으로 안 무너지면, 다른 걸로 무너뜨릴 거야. 당한 거 생각하면 죽을 때까지 싸울 수도 있어!"

사건이 이미 접수됐단 소식에 이민석의 얼굴은 체념으로 바뀌었다.

횡령과 담합은 다르다. 담합은 다른 대학들까지 다 철퇴라는 뜻인데, 그건 곧 이쪽 업계에서 퇴출을 뜻한다.

그리 생각하니 대자보를 말리는 게 무슨 소용인가 싶었다.

정말로 공부를 때려치울 각오로 싸우는구나.

"됐다. 그만하자."

그리 말하며 돌아설 때 불쑥 한 손이 팔목을 잡았다.

"민석 선배. 그러지 말고 우리랑 함께해요."

"……."

"다른 사람은 몰라도 선배랑은 싸우고 싶지 않아요. 나 한 교수한테 처음으로 논문 뺏겼을 때 위로해 준 거 선배밖에 없잖아."

"나도 싫어요. 늘 우리 하소연 들어 준 거 선배밖에 없었는데."

이해를 바라는 얼굴로 말해 왔지만 이민석은 고개를 돌렸다.

"이제 우린 모르는 사람이야. 서로 갈 길 가자."

인생을 두 번 살아도 문과의 벽을 넘을 순 없는 모양이다.

청운대학교 연구팀이 제보한 연구 자료는 흡사 외계인들의 문자 같았다.

비점오염원, B.O.D, 슬러지, 메타시브…….

수질 업계에선 물을 세는 단위도 리터(ℓ)가 아니라 BOD라고 한다. 이게 무슨 물의 면적당 오염 지수를 나타내는 척도라는데, 수차례 읽어도 무슨 말인지 이해가 되지 않았다.

"반장님, 속이 매스껍네요."

점심이 되자 박 조사관이 그리 하소연했다.

제보 자료가 100장짜리 비문학 지문이었으니 그 표현도 과장이 아니었다.

"솔직히 우리 지식 수준으로는 이게 입찰 담합인지 판단 못 하겠는데요."

"한 교수가 업계에서 독보적인 입지인 건 확실해요. 가격을 높여 부른 정황은 딱히 없어 보여요."

김 반장은 어깨를 토닥거려 주었다.

"그럴 리 없어. 좀만 더 파고들어서 빈틈을 찾아보자."

"아니 말이 안 되는…….."

"밥부터 먹자고."

그렇게 반원들을 내쫓아 버리고 난 후.

김 반장이 슬며시 다가와 한 서류를 건넸다.

"팀장님. 한명석이란 놈 아주 웃기는 놈이던데요."

"뭐 추가된 자료 있습니까?"

"몇 년 전에도 연구비 횡령하다 걸려서 징계위 열렸답니다. 물론 엄중인지 진중인지 하는 경고로 끝났다지만."

김 반장이 고개를 휘휘 저었다.

동료 교수로 이뤄진 징계위에서 '경고'가 나왔다는 건 실형 선고나 다름없다.

그러면 좀 조심하는 척이라도 해야 되는데, 놈은 최소한의 염치도 없는 것 같다.

"근데 그럴 만한 이유가 있는 것 같습니다."

"무슨 말씀이세요."

"청운대학교에서 한명석은 거의 국보급 교수예요. 처벌을 할 리가 없죠."

준철은 김 반장이 내민 서류를 읽고 덩달아 한숨이 나왔다.

[친환경 원자력 연구 관리 - 3억]
[청계천 복원 연구 사업 - 5억]
[3대 댐 수질 실태 연구 - 8억]

물과 관련된 정부 관련 수주를 모조리 다 따내고 있었으니.

"솔직히 요즘 교수들 몸값은 다 밖에서 돈 얼마 벌어 오느냐잖아요. 그냥 공공사업 사냥꾼입니다. 청운대가 이 사람 앞에선 벌벌 기겠어요."

"이 사람 산학 협력 몇 개 맡고 있습니까?"

"총 네 개요."

"네 개 다 실적이 좋습니까?"

"단기 프로젝트, 중장기 프로젝트. 뭐 하나 빠질 것 없이 모두 맡고 있죠. 타 대학과 연계한 사업도 많아요."

의심이 점점 확신이 되어 간다.

이렇게 발이 넓은 사람인데. 들러리 네 학교 찾는 건 일도 아니었겠지.

이러면 다른 가능성도 의심해 볼 수 있다. 타 대학의 입찰에서 들러리 서 준 적은 없는지.

"이게 그겁니까, 징계위원회?"

"네. 그건 이 양반이 해 먹어도 너무 해 먹었더라고요. 프로젝트가 5억짜리였는데, 2억을 해 먹었어요."

준철은 물을 뿜을 뻔했다.

"5억짜리 프로젝트에서 2억 횡령이요? 이게 가능한 숫잡니까?"

"그러니까 애초부터 5억짜리 프로젝트가 아니었단 거죠."

"……웃돈 넣어서 낙찰받았군요."

"뿐이겠어요. 아주 독한 놈입디다. 인건비 들 일 있으면 전부 다 대학원생 갈아 넣어 버렸답니다. 아낀 돈은 당연히 지가 먹고."

기함이 나온다.

김성균도 이 정도는 아니었는데, 더한 놈을 만나 보다니.

"이게 징계위에서 확인한 내용입니까?"

"네. 법카 내역에서 뭐 참치가 나오고, 한우가 나오고, 아가씨가 나오고…… 그냥 오만 곳에 다 긁었더랍니다."

아직 정식 조사 전이었지만 한 가지는 확신할 수 있다.

이놈은 상습범이고, 이번에도 분명 구린 내역이 있을 거란 사실을 말이다.

"근데 그렇게나 걸렸는데 징계가 겨우 경고에 그쳤어요?"

"아시잖아요. 그 바닥 폐쇄적인 거. 그 정도도 횡령 안 하고 사는 교수는 드물죠."

김 반장은 훌렁 일어났다.

"뭐 일단 식사부터 하시죠. 솔직히 저도 빈속에 이런 자료 보려니 멀미 나네요."

"먼저 가세요."

"엥? 팀장님은요."

"전 보던 자료 마저 보고 먹을게요."

"아이고…… 쉬엄쉬엄하세요. 이거 장기적으로 오래 볼 싸움 같습니다. 결국 체력 싸움인데."

"넵. 흐흐."

그렇게 김 반장이 나가고 난 후.

준철은 고심에 잠겼다.

'이따위 징계위면 해 보나 마나네.'

사실 한명 그룹에도 상생사업부가 있었다.

대외적으로 하청 그룹과의 협력을 강화하겠다고 세운 부서였는데, 실은 정부 압박에 못 이겨 간판만 내건 부서였다.

이런 곳이 제대로 기능할 리 있겠나.

하청이 억울하다고 신고해도 형식적인 절차만 밟고 끝냈다. 회사를 위해 쥐어짜 내 준 임직원들을 어느 회사가 자체 징계를 한단 말인가.

'별반 다르지 않겠지.'

대학교 내부 징계위면 감싸 주기가 더할 것이다.

모두 비슷한 수준의 갑질과 횡령은 다 하고 사니 말이다.

'그래서 일부러 입찰 담합으로 신고한 건가.'

왠지 대학원생들의 분노가 그렇게 향했을 거란 생각이 들었다.

소소한 횡령이야 어차피 유야무야 넘어갈 터. 당국이 수사해도 대학에서 함부로 반발할 수 없는 예민한 문제를 폭로한 듯 보였다.

하지만 아무리 생각해도 방법이 없었다.

이런 문제는 내부고발밖에 믿을 게 없는데, 대학원생들이 선뜻 나서 줄까?

지금 신고한 이 사람들은 악에 받쳐 신고를 했다 뿐이지, 치명적인 증거자료를 제시한 게 아니다. 그 정보를 알 정도의 대학원생이면 절대로 교수를 배신하기 어렵다.

교수의 최측근이 되어 있을 테니.

"후우……."

그리 생각하며 서류를 넘길 때.

"으윽…… 윽!"

정체불명의 통증이 엄습했다.

⟳

"거두절미하고 말씀드리겠습니다. 교수님께선 이름만 빌

려주십쇼."

지독한 통증이 끝나자 한 고급 일식집이 눈에 들어왔다.

머리가 단정한 남자와 아인슈타인처럼 폭탄 머리를 한 남자가 마주 보고 있었는데, 한눈에 봐도 교수와 사업가라는 것쯤은 알 수 있었다.

"교수님. 혹시 저희 조건이 마음에 안 드십니까?"

"조건이야 맘에 들지. 근데 석연치가 않아서."

"어떤 부분이 걸리시는지……."

"내가 이런 프로젝트 한두 번 맡아 봤겠어? [농촌 지역 오염원 연구], 이거 넉넉잡아도 8억이면 충분한 연구야. 근데 10억에 낙찰받는 게 가능한지 의문이 드는군."

장 대표는 흐흐 웃으며 술잔을 건넸다.

"다른 사람은 몰라도 교수님이라면 안 될 거 없지요."

"뭐?"

"수질 업계 최고 권위자 한명석 교수님 아니십니까. 교수님 주도하에 청운대학교가 다수의 수질 관련 연구를 따낸 것으로 압니다. 웃돈 2억은 그 이름값이라 생각하시지요."

장 대표의 노골적인 아첨에 한 교수의 경계심이 슬슬 무너졌다. 터무니없는 소리들이었다면 당장 엉덩이를 들었을 것이다.

하지만 국내 최고 수질 전문가, 다수의 산학 협력 운용 등은 업계에서도 이미 인정하는 타이틀이요, 한 교수가 가장 자부심 가지는 타이틀이기도 했다.

"이름값으로 2억이라…… 기분은 좋지만 장 대표가 날 너무 과대평가하는 것 같군. 만약 들키면 대가가 혹독할 텐데."

"아이고- 교수님. 세간 사람들은 이게 8억짜리 연구인지 10억짜리 연구인지 아무도 모릅니다. 교수님이 너무 자신에게 엄격하신 거죠."

"사람하고는 참. 그러다 들키면 어쩌려고 그래."

"어떻게 들키겠습니까. 연구비가 다른 사업처럼 시세가 있는 것도 아니고. 아니면 우리가 다른 연구소랑 일감을 나누는 것도 아니고."

한 교수의 귀가 쫑긋 올라갔다.

보통 입찰 담합은 시세를 너무 크게 역행하거나, 낙찰사가 일감을 나눠 줄 때 들킨다. 하지만 연구비는 이 두 가지에 모두 해당하지 않는다.

"게다가 지금은 경쟁자도 없지 않습니까. 이런 연구는 부르는 게 값입니다."

장 대표는 강조하듯 말하며 서류를 내밀었다.

[농촌지역 오염원 연구, 공개 입찰 - 환경부]

한 교수는 실시간으로 침이 꿀떡꿀떡 넘어갔다. 손만 뻗으면 주워 갈 수 있는 노다지가 바로 앞에 있다. 하지만 바로 손을 뻗자니 걸리는 부분도 있었다.

"하겠다는 건 아닌데 장 대표의 구체적인 생각 좀 들어 보고 싶군."

"말씀하십쇼."

"정부 주관 사업은 단독 입찰을 엄격하게 금해. 우리가 혼자 입찰하면 당연히 무산될 텐데."

"그래서 서울 주요 대학들에게 들러리를 부탁할 겁니다. 연구비로 한 11, 12억 정도 부르는 거죠. 가장 낮은 가격 쓴 저희가 낙찰받도록."

"광 팔고 죽어라? 과연 그게 될까."

"대신 저희도 광값을 후하게 쳐 드려야죠. 사실 이 연구비는 그다지 부풀린 예산도 아닙니다. 타 대학에게 떡값도 돌려야 되는데, 빠듯하다면 빠듯하죠."

장 대표를 보는 한 교수의 눈빛이 달라졌다.

짧은 대화였지만 수완 좋은 놈이란 건 단번에 파악할 수 있었다.

"만약 내가 한다면……?"

"저희랑 정식으로 산학 협력 맺어 주십쇼. 나머지 일은 제가 다 알아서 정리하겠습니다."

"난 사실 돈보단 연구에 전념하고 싶네만."

"물론이지요. 저희 산학단 연구비 카드는 모두 교수님께 일임하겠습니다."

공정거래
위원회

퍽 나쁘지 않은 조건에 한 교수의 입꼬리가 올라갔다.

연구비 카드를 일임하겠다는 건 어디에 쓰든 상관하지 않겠다는 것 아닌가.

"다만 교수님 한 가지만 고려해 주십쇼."

"뭐지?"

"어떤 용도로 쓰시건 상관없는데, 저희도 증빙은 남아야 합니다. 가능한 한 경비 처리되는 내역으로⋯⋯."

"그건 걱정하지 마. 안 쓴 용역 업체 쓴 것처럼 포장하고, 100만 원짜리 연구 소품을 200만 원으로 꾸미는 건 우리 쪽에도 잘하는 애가 있으니까."

장 대표는 속으로 콧방귀를 뀌었다.

회계 자료를 조작해 줄 연구원이 있다는 건 때가 묻어도 한참이나 묻은 교수라는 뜻이다. 그런 놈이 지금까지 근엄한 척하고 있었다니.

"아, 이미 전문 연구원이 있나 보군요. 혹시 데리고 있는 석박사입니까."

"응. 내 밑에서 10년 동안 공부한 놈이야."

"그⋯⋯ 요즘엔 그런 친구가 말썽을 일으킨 사례도 있어서."

"걱정하지 마시게. 내 밑에서 오매불망 박사 학위만 바라는 놈이야. 허튼 생각 못 할 놈이지."

자신감 있는 목소리에 장 대표도 우려를 말끔히 지웠다.

교수는 대학원생들의 생사여탈권을 쥐고 있는 사람들이다. 수십 년 연구해도 지도 교수가 논문 통과 안 시키면 모든 공부가 물거품이 된다.

이렇게 자신 있어 하는 걸 보니, 목줄 단단히 채운 대학원생인 듯싶다.

"실례했습니다. 이거 제가 또 괜한 오지랖을 부렸군요."

"아니야. 난 사실 그런 부분이 더 마음에 드네. 뭐든 다 사소한 곳에서 실수가 나오는 법인데 장 대표는 수완도 좋고, 꼼꼼한 구석도 있는 것 같아."

"감사합니다. 하하."

"이게 그 내가 말한 조교 명함이야. 앞으로 연락할 일 있음 이쪽을 통해서 하자고."

"아, 네."

이로써 치열한 눈치 싸움을 벌였던 산학협력단이 출범하게 되었다.

"근데 장 대표, 하나만 물음세."

"네."

"우릴 돕는다는 들러리 대학교들 말이야. 엄밀히 말해 이건 법에 저촉될 수도 있는 문젠데. 과연 우릴 도울까?"

"그 부분이 바로 사업가의 역량 아니겠습니까. 하하. 걱정 마십쇼. 그냥 대학도 아니고 서울 주요 대학들을 섭외해 이번 사업 문제없이 진행하겠습니다."

장 대표가 고개를 꾸벅 숙이며 명함을 건넸다.

[청운산학협력단 – 한명석 소장]

자신감 하나는 넘치는 놈이다. 확답도 듣기 전에 이미 자신의 명함까지 파 오지 않았나.

"흐허허. 자넨 일처리가 빠르구먼."

"네. 그리고 설사 이게 위법적인 일이라 해도 당국은 절대 이거 못 찾아냅니다. 말씀드렸듯 연구비에 시세가 있습니까, 아님 저희가 일감을 나눕니까."

"그건 그렇지."

"내부에서 배신만 안 나오면 당국에서 수사해도 결국 증거 못 잡을 겁니다."

내막은 알아도 증거는 잡을 수 없다.

한 교수는 명함을 받으며 말끔히 우려를 지웠다. 이 정도 수완이라면 작은 일로 말썽을 부리지 않을 것 같았다.

☁

–교수님 이민석입니다.

"응, 들어와."

아침 일찍 방문한 이민석은 나직이 한숨을 쉬었다.

논문 첨삭 부탁할 때 수없이 와서 기다린 교수실이다. 하지만 한 교수는 단 한 번도 자리를 지킨 적 없었고, 단 한 번도 먼저 기다려 준 적 없었다.

그런 그가 오늘은 손수 차까지 내오며 자신을 환영해 주었다.

그만큼 돌아가는 상황이 급박하단 뜻이리라.

"말씀하신 연구비 회계 내역입니다. 수정−누락 자료들은 전부 제 실수로 처리해 정정했습니다."

한 교수는 깨끗하게 세탁된 회계 내역을 들었다.

유흥업소에서 긁은 카드가 접대비로 바뀌었고, 몇몇 비는 돈은 외부 용역 업체를 고용한 것으로 경비 처리가 되어 있었다.

무엇보다 마음에 드는 건 이 과정에서 생긴 실수를 이민석이 다 끌어안아 줬다는 것이다.

"내가 이래서 민석이를 아낄 수밖에 없지. 사람이 의리를 알거든. 걱정 마. 이게 뭐 큰일도 아니고 문제 될 일은 없을 거야."

어깨를 토닥였지만 이민석의 굳은 얼굴은 풀리지 않았다.

"얼굴이 왜 그래. 혹시 나한테 따로 할 얘기라도 있나."

"……교수님. 그러지 말고 애들 논문 몇 개는 돌려주시는 게 어떨까요."

"뭐?"

"다행히도 그때 대자보 게시는 막았습니다만 이놈들은 곧 강행할 겁니다."

"잘나가다 왜 그래? 연구비 카드로 이 정도도 안 쓰는 교수 없어."

"애들도 교수님의 횡령을 고발하려고 저러는 게 아닐 겁니다. 연구 실적 빼앗기니 이런 거라도 거는 겁……."

쾅—!

인자하게 웃던 그가 단숨에 책상을 내리쳤다.

"민석아. 내가 이래서 검은 머리 짐승 새끼는 못 믿는다. 사람은 다 지가 해 준 것만 기억해, 받은 건 기억 못 하고."

"……."

"너희들 대학원 다니면서 한 번이라도 등록금 걱정해 본 적 있어?"

"……아니요."

"그게 다 내가 바깥에서 기업 장학금 끌어오고, 국장 받아와서 그런 거야. 생색 한 번 안 내니까 그게 당연한 것 같지."

이민석의 고개가 자연히 밑으로 내려갔다.

업계 최고의 수질 전문가인 그는 장학금 자판기라 불릴 만큼 외부에서 돈을 많이 받아 오는 교수였다.

"당장에 연구 실적만 해도 그래. 내가 없는 시간 쪼개서 첨삭해 주고, 연구 방향 지시해 줬는데. 1저자 뺏긴 게 그리 억울한가."

"……."

"그런 썩어 빠진 마인드로 어떻게 사회에서 버티려 그래? 기업은 더해 인마! 말단일 땐 일 잘해도 전부 팀장한테 공이 돌아가는 거야. 최소한의 수업료다 생각해야지."

이민석은 주먹에 힘이 들어갔다.

그러기엔 한 교수의 첨삭은 너무 비싼 수업료였다.

첨삭 한 번에 1저자가 2저자로 강등되고, 때론 아예 다 빼앗기기도 했으니. 때론 번역 하나 해 줬다고 아예 저자가 바뀌는 경우도 있었다.

그걸 가장 많이 당한 건 바로 앞에 있는 자신이었다.

"……하지만 교수님 이거 공정위에 신고까지 들어갔답니다. 지금이라도 사태 수습하려면 놈들이 원하는 거 들어줘야 합니다."

이민석은 이를 악물고 한 교수에게 조언했다.

한 교수가 이 상태에서 주저앉으면 그의 밑에서 가장 오랜 연구한 그에게도 피해가 미쳤다.

타 대학들이 전부 들러리를 서 줘서 부풀린 연구비 아닌가. 들키는 건 시간문제다.

"걱정 마라. 그건 공정위가 아니라 하나님도 몰라."

"……예?"

"연구비에 무슨 시세가 있어, 아님 우리가 일감을 나눴어? 이런 연구비는 당국에서 절대 증거 못 찾아. 내부에서 누가 고발하지만 않으면."

이민석의 얼굴이 크게 일그러졌다.

"교수님 저는……."

"오해하지 마. 민석이 너 겨냥해서 한 말 아니다. 그만큼 우리가 안전하단 뜻이지."

한 교수는 이민석의 반응을 살피며 슬쩍 서류를 하나 꺼내 들었다.

"그리고 민석이 너 이번 연구 좋더라."

"……예?"

"금강 수질 연구 말이야. 이거 꽤 오랫동안 연구했지?"

"……예."

"생각해 보니 내가 그간 바쁘다고 널 너무 못 챙겼다. 내 밑에서 공부도 오래 했는데."

"……."

"민석아 너 이번에 졸업하자. 너 이제 박사 받을 때 됐다."

이민석의 눈동자가 함지박만 하게 커졌다.

박사.

그가 10년 동안 꿈꿔 왔던 단어 아닌가. 학부 시절 때부터 생각하면 벌써 15년이나 걸렸다.

"이번엔 박사 받자. 이거 너 단독으로 논문 발표해."

이건 곧 자신의 졸업, 그리고 한 교수 밑에서의 해방을 의미한다.

하지만 지금 같은 시국에서 왜 그가 이런 말을 꺼내는지는 쉽게 짐작할 수 있었다.

"하지만 나 무너지면 어떻게 되는지 알지? 민석아 이번 일만 잘 넘어가자. 이번이 마지막이야."

한 교수는 축 늘어진 이민석의 어깨를 토닥였다.

이민석 귓속에는 한 단어만 맴돌았다.

이번이 마지막이야…….

공정거래
위원회

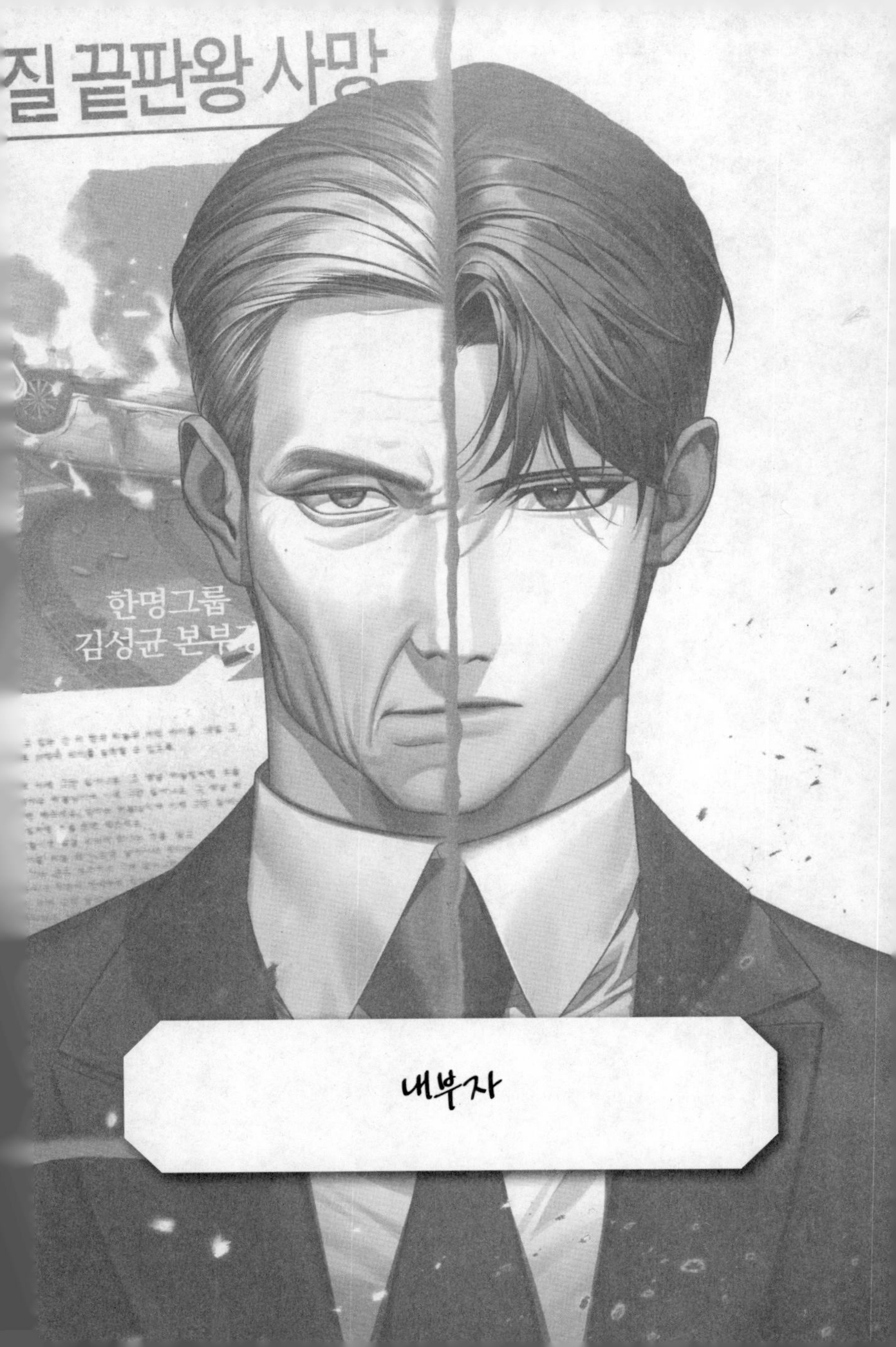
질 끝판왕 사망
한명그룹
김성균 본부
내부자

정체불명의 대화는 늘 사건의 실마리나 결정적 단서를 제공해 주었는데 이번엔 차라리 안 본 게 나았지 싶다.

　　눈에 불을 켜고 뒤져 봐도 증거를 못 찾아냈으니.

　　"……."

　　보통 담합은 입찰가를 공유하거나, 일감을 나눈 흔적이 잡힐 때 조사가 확대된다. 하지만 이번 입찰 담합은 일회성에 그쳤고 대학들끼리 일감을 나눈 흔적도 없었다.

　　더욱 절망적인 건 연구비엔 시세도 없다는 거다.

　　"이건 무리지 않을까요?"

　　"다른 대학들이 들러리를 서 줬다면 연구 일감 같은 걸 나눠 가진 흔적이 나와야 하는데…… 없습니다."

"그건 떡값으로 돌린 걸 수도 있어."

"그럼 한 교수가 연구비 써 낼 때 당연히 떡값까지 포함시켰겠죠. 근데 우리로선 알 방법이 없습니다."

한 교수가 따낸 [농촌 지역 오염원 연구].

최종 낙찰가가 10억이다. 근데 이게 적정 연구비였는지는 아무도 모른다.

"솔직히 대학들이 연구비 부풀려서 따낸 프로젝트가 이 한 두 건이겠어요."

"맞아요. 정부 입찰 사업이면 다 부풀려 받지."

"대학들이 담합으로 처벌받은 사례도 없습니다."

회의 분위기가 그렇게 기울자 김 반장이 조심히 운을 뗐다.

이건 안 되는 수사다.

"팀장님, 내일 제보자들 만나기로 한 건 취소하시죠."

"지금 믿을 건 내부자 증언밖에 없어서……."

"솔직히 그 사람들은 내부자로 볼 수 없습니다. 속사정이야 있겠지만 사실 한 교수 싫어서 신고한 사람들 아닙니까? 이런 진술은 악의적으로 부풀렸을 가능성도 배제 못 해요."

준철도 딱히 반박할 수 없었다.

정체불명의 대화가 없었더라면 준철도 그렇게 믿었을 것이다.

"그냥 덮기 찝찝하면, 청운대 윤리위원회에 이 자료 통보하고 끝내시죠."

공정거래
위원회

"그래 봤자 엄중경고로 끝날 텐데요."

"그걸로 족해야죠. 한 교수도 망신 한번 크게 사는 건데 느끼는 바가 있을 겁니다."

엄중경고, 실질적인 처벌 없는 명예형이다.

하지만 그 이상의 처벌을 욕심내다간 되레 공정위가 망신을 살 수도 있다.

"팀장님. 이건 반장님 말이 맞습니다. 이거 가지고 조사 확대시켜 봐야 우리만 피곤해져요."

"그리고 이 사람들이 폭로한 내용도 법정에선 효력 없을 겁니다."

준철은 턱을 쓰다듬으며 조심히 말문을 열었다.

"만약 내부자 증언 나오면요?"

"네?"

"증거는 없지만 핵심 내부자가 증언해 준다면 법적 효력은 있지 않습니까?"

"대학원생들은 다 지도교수한테 목줄 잡히고 사는 사람들입니다. 누가 지도교수를 배신하겠어요?"

"저희한테 제보해 준 사람들도 다 그런 사람들인데, 신고해 줬잖아요."

"설마 이거 하시려고요?"

준철은 씁쓸하게 서류를 덮었다.

"제보자들 만나는 보겠습니다. 분명 그 사람들도 우리한테

하고 싶은 얘기가 많을 테니."

"그러다 아무 소득도 없으면요."

"그러면 저도 청운대 윤리위에 넘기고 손 떼겠습니다."

차라리 정체불명의 대화를 모르는 게 나았을 뻔했다. 그러면 반원들 말대로 그냥 넘어갔을 텐데. 하지만 그냥 덮기엔 대화가 너무 적나라하지 않았나.

대학원생들이 참다못해 지도교수를 고발할 정도면, 뒤에 있는 비리는 더 많다는 것이다.

"하아……."

준철이 자리를 뜨자 반원들이 약속이라도 한 듯 한숨을 쉬었다.

내부고발에 의지할 수밖에 없는 조사, 이런 건 한 번도 성공한 전례가 없는데…….

그래도 젊은 팀장의 고집은 꺾을 수 없을 것 같았다.

꿈

명문 사학이자 벚꽃 캠퍼스로 유명한 청운대학교는 낭만과 활기로 가득 찬 곳이었다.

3월 초순이라 아직 꽃은 피지 않았지만, 캠퍼스엔 이미 아늑한 꽃향기가 진동하고 있었다. 꽃들이 전공 서적을 들고 걸어 다니고 있었으니.

"팀장님. 한명석 교수 비리 꼭 밝혀 주십쇼."

그래서 더 짠하게 느껴졌다.

제보자 4인방은 아직 앳된 얼굴도 벗어나지 못한 청춘들이었다.

이들은 연구실을 점거하며 머리에 빨간 띠를 두르고 있었는데, 세상을 알기엔 너무 이른 나이였다.

"한 교수가 연구비 부풀려서 따낸 프로젝트들이에요."

"연구비 카드도 다 개인 용도로 썼습니다."

준철은 이들을 진정시키며 물었다.

"주신 자료는 다 검토했습니다만 몇 가지 궁금한 게 있더군요."

"네. 말씀하세요."

"그럼 이 입찰에 참여한 네 개 대학 모두 들러리였다는 겁니까?"

"네."

"혹시 거기에 대한 증거 자료가 있습니까?"

선두에 있던 사내가 한 서류를 꺼내 들었다.

"이건 애초부터 10억짜리 연구가 아니었습니다. 이게 저희들 연구비 회계 내역인데요. 보시는 대로 대부분 술집, 밥값으로 되어 있습니다."

"여기까진 저희도 파악했습니다. 근데 이게 크게 위법적인 일은 아닙니다."

"네? 그게 무슨 말씀이세요."

"기업이든 공무원이든 남는 예산 있으면 다 돈 쓸 곳 찾아내서 경비 처리합니다. 한 교수는 좀 심한 정도였지, 남들이 안 하는 일 한 건 아니었습니다."

그들의 얼굴이 사뭇 굳었다.

"그럼 이거는요. 한 교수가 허위 경비 처리한 내역입니다."

"이게 뭐죠?"

"저희가 이번 연구에서 외부 용역 썼다는 내역인데. 이거 사실 외부 용역 안 썼어요."

"맞아요. 전부 다 저희 대학원생들 갈아 넣어서 공짜로 일 시켰어요. 그래 놓고 마치 업체 고용해서 돈 나간 것처럼 비용 처리했습니다."

준철은 가볍게 한숨을 내쉬었다.

그 정도면 횡령에 대한 증거로는 볼 수 있겠다. 근데 담합과는 상관없는 일이다.

"팀장님. 이 정도면 부풀린 연구비라는 건 증명한 거 아닙니까."

"애초부터 이 정도로 큰 예산 필요 없었어요. 한 교수가 다른 대학하고 짜고 친 거예요."

준철이 말없이 서류만 살피자 그들이 성토하기 시작했다.

"그리고 여기 내역에 안 나와서 그렇지 한 교수 우릴 머슴처럼 부렸습니다! 자기 막내딸 어린이집 등교, 담배 심부름,

책 반납 심부름이나 시켰어요."

"전 그 집 사모가 미국에서 올 때마다 공항에 마중 나갔어요."

"논문은 또 어떻고요! 첨삭 몇 번 해 줬다고 자기를 1저자로 올리고, 우릴 2저자로 내리고. 어떤 건 아예 홀라당 가져가 버렸습니다. 이 사람 반드시 처벌해야 돼요!"

준철은 눈을 질끈 감고 서류를 덮었다.

"외람되지만 저희는 개인적인 원한을 들으러 온 게 아닙니다."

"……예?"

"저희도 여러분들이 공익을 위해 한 교수를 고발했다고 생각하진 않아요. 말씀하신 대로 연구 실적 등 다양한 원한이 있겠죠. 하지만 그 원한을 갚아 드리려 온 게 아닙니다."

"……."

"한 교수가 다른 대학과 담합해 이 프로젝트를 따낸 게 맞습니까? 거기에 대한 증거가 있습니까?"

연구실은 순식간에 조용해졌다.

당연하겠지만 결정적 증거를 알 리 만무하다.

"혹시 이런 건 증거가 안 됩니까……?"

"말씀하세요."

"한 교수가 이 프로젝트 따내고 다른 대학교수들과 술자리를 가졌습니다. 강남의 한 고급 유흥업소에서."

"그걸 어떻게 아시죠?"

"제가 새벽에 대리운전하러 불려 나갔습니다. 갔더니 다 수질 업계 교수라면서 어디 대학 누구라고 인사까지 시켰습니다."

쳐 죽일 놈.

프로젝트 따내고 들러리 대학들한테 접대까지 했구나. 아마 그 자리에서 떡값까지 돌렸을 것이다.

이것만으로도 파렴치한 일인데, 갈 땐 대학원생들한테 대리운전을 맡겼다니.

기가 차서 욕도 나오지 않았다.

"그거 말고 다른 건 없습니까."

"어떤……."

"한 교수가 그들과 나눈 메시지라든지, 아님 대화 녹취록. 이렇게 법원에서 증거로 쓸 만한 내용들이요."

"그 정도 증거는 저희도 없습니다. 근데 이 정도면 누가 봐도 입찰 담합인데, 처벌 안 되는 겁니까?"

준철은 무거운 얼굴로 고개를 끄덕였다.

"지금은 담합으로 볼 만한 증거가 없습니다."

"아니 어떤 게 증거인데요."

"이를테면 건설사에서 입찰 담합으로 계약을 따내면 그 일감을 다른 들러리사와 나누죠. 법원에선 그 일감 나눈 흔적이 증거가 됩니다. 근데 지금은 그게 없어요."

공정거래
위원회

달리 말해 법대로 가면 진다.

"가격 담합이라 하면, 시세를 나눈 내역, 혹은 시세를 크게 벗어난 내역 등이 있을 겁니다. 근데 지금은 그것도 없어요. 연구비는 제각각이라."

그들은 흥분해 있어도 이해는 빠른 사람들이었다.

이건 일회성 담합이다. 부르는 게 값인 사업이며, 어쩔 수 없이 교수들의 양심에 맡길 수밖에 없는 문제다.

현실적으로 처벌이 불가능하단 얘기다.

상황 파악이 끝났을 땐 그들 눈에서 눈물이 흘렀다.

"선생님 그런 법이 어디 있나요. 저흰 지금 공정위만 믿고 대자보도 게시 안 했어요. 흑흑"

"저희 같은 대학원생들이 그런 증거를 어떻게 찾아요……."

"……대학 내부 징계위에서 이를 파악하고 엄벌하는 수가 있습니다."

"징계위야 그 나물에 그 밥들이에요."

"그게 아니면 핵심 내부자 증언이라도 있어야 합니다."

그리 말하자 이들이 서로 눈빛을 교환했다.

한 교수는 원체 의심이 많은 사람이었고, 주변 사람도 잘 믿지 않았다. 겨우 3~4년 차인 이들은 사업에 필요한 핵심 일에는 배제되었다.

딱 한 사람을 제외하면.

"내, 내부자라면 민석 선배 정도는 되지 않아?"

"맞아. 민석 선배는 이 프로젝트 회계 자료 다 관리했잖아."

"문제 될 내용 다 뒤집어써 주고 한 교수 대신 자폭까지 하려 했어."

준철의 눈빛이 빛났다.

"민석 선배가 누구죠?"

"돌아가세요. 난 할 말 없습니다."

어렵게 만난 이민석은 준철에게 눈길도 주지 않았다.

찬바람 풀풀 날리며 바로 연구실로 도망가 버렸다.

"그러지 말고 아주 잠깐이면 되는데요."

"아, 글쎄 나는 몰라요. 관여하고 싶지도 않고."

"저희가 뭐 때문에 온 건지는 아십니까?"

"그 헛소문 때문에 오신 거 아녜요. 교수님이 다른 대학과 짜고 연구비 부풀렸다."

"네. 지금 연구비 입찰 담합으로 제보가 들어왔습니다. 자 칫하면 본인도 위험해질 수 있어요."

걸음을 재촉하던 그의 발길이 멈췄다.

"뭐?"

"연구비 회계 내역을 다 관리하셨더군요. 근데 왜 이거 갑자기 정정했습니까."

"……."

"안 쓴 용역 업체 다 정리하고, 몇몇 비는 돈 다 맞춰 놓고. 근데 그 과정에서 생긴 과실을 다 본인 책임으로 돌려 놓으셨더군요."

이민석의 얼굴이 일그러졌다.

"내가 원체 실수가 많아서 회계 자료 정정 좀 했습니다. 그게 죄예요?"

"사정은 전해 들었습니다. 한명석 교수 밑에서 가장 오래 일하신 연구원이라고요."

"하고 싶은 말이 뭐야 당신!"

"이건 실수가 아니라 지시였을 거란 게 저희 판단이거든요. 저흰 지금 내부자 증언이 필요합니다. 해당 연구를 따낼 때 깊이 관여했던 내부자."

말뜻을 이해한 이민석이 적개심을 드러냈다.

"내부자? 나더러 교수님 뒤통수쳐 달라 이 소리예요?"

"아는 사실만 말씀해 주세요."

"한 교수가 청렴결백한 사람은 아닙니다. 근데 다른 교수들도 그 정도는 하고 살아요. 이게 내가 아는 전부입니다."

무어라 반박하기 전에 그가 덧붙였다.

"공정위도 애들 그만 부추기세요."

"부추기다니요?"

"더 잘 아시지 않습니까. 이거 학생과 교수의 감정싸움이라는 거. 원래 한 교수 욕심 많아서 남의 논문에 손 많이 대요. 나도 1저자 뺏긴 논문, 홀라당 뺏긴 논문 많아요."

"그걸 왜 당연하다는 듯 말하세요. 이것도 범죄인데."

"난 그렇다고 없는 죄 만들어서 신고하진 않아요. 그것도 범죄니까."

준철은 이민석을 빤히 바라봤다.

"희한하군요. 가장 억울한 게 많은 분으로 알고 있었는데, 그리 말씀하시다니."

"누구나 다 실적 뺏기면서 삽니다. 우리 나이 때 사회 초년생들이라면 더욱더."

하나만 생각하자.

한평생 공부 뒷바라지만 해 줬던 내 가족들.

이 고비만 넘기면 한 교수가 박사 논문을 통과시켜 주겠다고 약속했다. 그것만 믿으면 된다.

"그러니 자꾸 싸움 키울 생각 마세요. 다른 학생들 모두 이 사태가 얼른 진정되고 연구실로 돌아가고 싶어 합니다."

이민석은 팽하니 돌아서 연구실로 발걸음을 틀었다.

"민석 씨. 정말 사태가 빨리 해결되길 원하면 그냥 저희 조사에 협조해 주세요. 여러 정황을 살펴봤을 때 우린 이거 담합이란 거 확신하거든요. 한 교수가 연구비 부풀려 받으려고 타 대학들 들러리 세웠다."

"아니 지금."

"학생들도 진실이 밝혀질 때까지 싸우겠답니다. 곧 대자보 올리고 학교 전체와 싸우겠다는군요."

이민석의 안색이 굳었다.

대자보 게시는 겨우 막았다고 생각했는데, 그걸 강행한다고?

"민석 씨한테 파편이 크게 튈 겁니다. 연구비 회계 내역을 총관리했던 건 민석 씨였으니."

"……."

"전 민석 씨가 선의의 피해자가 되는 걸 원치 않아요. 그건 제보자 학생들도 마찬가지였고. 생각 바뀌면 연락 주세요."

준철은 명함을 손에 쥐여 주며 자리를 떠났다.

더 몰아붙일 수 있었지만 그쯤 했다.

원청이 무너질 것 같으면 갑질 당하던 하청들이 나서서 보호해 준다.

이자의 심정을 누구보다 잘 알 것 같았다.

*

"이 팀장, 순서가 좀 뒤바뀐 거 아니냐. 명백한 증거도 안 나왔는데 일단 기소부터 하겠다고?"

"네. 일단 기소를 해야 명백한 증거가 나올 것 같습니다."

아침 댓바람부터 폭탄선언이 이어지자 오 과장은 잠이 확

깼다.

미친놈 소리가 절로 나오는 수사 기획이다.

"그러다 담합 증거 못 찾으면 어떡하려고?"

"저희가 지금 주시하는 내부고발자가 있는데…… 잠깐 고민 중입니다."

"잠깐 고민은 얼어 죽을! 그게 설득 못 했단 소리 아니야."

"곧 할 겁니다, 과장님. 가장 당한 게 많은 사람이에요."

오 과장이 짙은 한숨을 내쉬자 준철이 재빨리 덧붙였다.

"그냥 하겠다는 거 아닙니다. 보험도 다 준비해 놨습니다."

"보험?"

"한 교수가 연구비를 횡령한 게 한두 건이 아니더라고요. 담합 정황 못 잡으면 횡령으로라도 처벌하겠습니다."

본수사가 안 풀리면 별수 있나. 별건 수사라도 성공시켜야지.

다행스럽게도 한 교수는 무척 지저분한 인물이었다. 사건을 키워도 절대 소득 없이 끝나진 않을 것이다.

오 과장은 헤실헤실 웃는 준철을 떨떠름하게 훑었다.

"하나만 묻자, 이 팀장."

"예."

"이거 입찰 담합이라고 확신하는 이유가 뭐야? 증거도 없고, 내부고발도 확보 못 했는데."

"연구비 자체가 너무 터무니없는 돈입니다."

준철은 서류를 들고 설명을 이었다.

"이게 연구비 회계 내역인데요. 보시는 대로 연구비보다 회식비가 더 많습니다. 애초에 10억짜리 프로젝트가 아니었어요."

"그 짓거린 공무원들도 해. 어떤 정직한 놈이 남는 예산을 반납하냐. 회식으로 경비 처리시키지."

"그럼 보통 회식이라도 거하게 하잖아요. 근데 한 교수는 그런 것도 없었습니다."

연구비 내역은 가관이었다.

랍스터, 한우 스테이크, 고급 술집들이 줄줄이 등장하는데 연구원들은 구경도 못 해 봤다고 한다.

한 교수가 10인분씩 먹지 않았다면 불가능한 내역들이다.

"그리고 이 용역 업체들 보십쇼. 학생들 말로는 다 대학원생들이 파견 나가서 한 일이랍니다. 근데 한 교수는 이걸 마치 고용한 업체들인 것처럼 비용 처리를 시켜 버렸어요."

"그 돈을 다 뒤로 챘다는 거야?"

"네. 이거 완전 선숩니다."

오 과장은 무심한 얼굴로 서류를 뒤적거리다 끙— 하니 앓는 소리를 냈다.

이놈을 말릴 만한 근거를 찾아보려 했는데, 도리어 기가 찰 지경이었다.

"문제 된 네 개 대학도 입건시키고, 관련자 소환하겠습니다.”

“이 팀장 이런 말 뭣하지만 다른 방법 없냐. 난 그래도 내부고발은 확보하고 움직이고 싶다.”

“사실 전 내부고발 확보는 거의 포기한 상탭니다.”

“뭐?”

“대학원생들 전부 다 교수한테 목줄 잡힌 사람들인데, 이걸 바라는 건 저희 욕심일 수도 있죠.”

“그럼 입건은 왜 해. 어차피 증거 안 나올 거.”

“어쩌면 들러리 대학에서 증언이 나올 수도 있습니다.”

오 과장의 눈빛이 번쩍였다.

“설마 다른 대학 흔들겠다는 건가?”

“네. 타 대학들이야 한 교수와 수평적 관계니 눈치 덜 볼 겁니다. 만약 내부고발이 나온다면 이들 중에서 나올 공산이 큽니다.”

준철은 아직도 이민석의 얼굴을 잊을 수 없었다.

당한 게 가장 많지만 그래도 편을 들 수밖에 없는 사정.

어쩌면 이민석은 영원히 한 교수의 편을 들 수도 있다. 누구보다 절실한 사람이기에.

“놈들이 쉽게 무너지겠어? 결국 자기 비리 드러내는 일인데.”

“분위기 이상해지면 제일 먼저 배신할 사람들입니다. 대학원생 설득하는 것보단 수월할 겁니다.”

오 과장은 긴 한숨을 내쉬며 서류를 내려났다.

사실 이젠 어쩔 수 없는 일이다. 눈이 돌아간 대학원생들은 이미 대자보 게시를 예고했고, 끝장 투쟁을 벌이겠다 해왔다.

공정위가 어설프게 손 뗐다 문제가 커지면 직무유기란 비난을 면치 못할 것이다.

"그래, 그럼 기소해 봐."

준철의 얼굴에 화색이 돋았다.

최소 사나흘 정도는 끌 줄 알았는데 뜻밖에도 즉답을 받았다.

"대신 약속 하나만 해. 아까 네가 말한 그 보험들 있지."

"예."

"담합 못 잡을 것 같으면 그 횡령이라도 들춰내서 제대로 묻어. 한 가지만 강조하자면, 이런 사건은 절대 소득 없이 끝나선 안 돼."

"물론입니다. 절대 실망시키지 않겠습니다."

준철은 황송한 얼굴로 연신 고개를 끄덕였다.

그렇게 자리를 벗어나 돌아오는 길에 문득 이상한 기분이 들었다.

과장님이 좀 달라지신 것 같다. 보통 이런 문제에 즉답을 해 주는 사람도 아니고, 제대로 묻어(?)란 말도 잘 안 하시는 분인데.

'흠……'

신중한 건 여전한데 그래도 뭔가 좀 호의적으로 변한 것 같다.

기분 탓이겠지.

오 과장의 전폭적인 지지 아래 입건 처리가 곧 완료되었다.

공정위는 이 문제를 검찰에 기소했고, 곧 다섯 개의 대학이 입건 처리되었다.

학계에서도 연구비 부풀리기 논란은 늘 끊임없이 있어 왔지만 주요 대학들이 입찰 담합으로 기소된 사례는 이례적인 일이었다.

"……."

"……."

한자리에 모인 주요 대학 네 곳은 말없이 눈치만 살폈다.

처음부터 참여하고 싶지 않은 사업이었다. 청운대가 단독 입찰하면 무산되니 이름 한 번 빌려줬고 그 대가로 떡값 몇 푼 챙긴 게 전부다.

물론 한 교수가 프로젝트를 따낼 때 떡값도 연구비에 포함시켰겠지만, 그 정도야 학계에서 만연한 일이었다.

하지만 그 관례를 문제 삼으면 사건이 얼마나 커질지 안다. 입건은 곧 소환이 되고 구속으로 이어질 것이다.

모두들 초조한 얼굴로 물만 넘길 때 느지막이 한 교수가 식당에 도착했다.

"죄송합니다. 학교에서 처리할 문제가 많아서."

씻지도 못한 그의 얼굴이 현 상황을 모두 설명해 주는 것 같다.

사태가 이미 감당할 수 없는 지경에 이르렀다는 걸.

"먼저 결례를 끼쳐 죄송하다는……."

"한 교수. 그러지 말고 우리 오늘 허심탄회하게 얘기해 봅시다."

얘기를 미처 다 마치기도 전에 옆에 있던 교수가 말했다.

"그 친구들 논문 다 돌려주시지요."

"무슨 말씀인지……."

"우리라곤 돌아가는 사정을 모르겠소. 대학원생들이 공익을 위해 신고했다 생각하지 않아요. 한 교수가 실수한 부분이 있으니, 그 친구들도 악에 받쳐 싸우는 거겠지."

"홍 교수님 말이 맞습니다. 이게 웬 망신이요, 얼른 사태 수습해야지."

한 교수는 시큰둥한 얼굴로 시선을 외면했다.

"당최 무슨 말씀인지 모르겠군요."

"이봐요, 한 교수님!"

"난 내 학생들한테 딱히 실수한 부분 없습니다. 뭐 연구비 횡령, 담합 문제도 업계 사람 다 하는 거, 재수 없이 내가 걸렸을 뿐이고."

"지금 그게 사람 불러 놓고 할 소리요?"

"제가 오늘 모신 건 조심하잔 당부를 드리기 위해서지, 실수를 지적해 달라 모신 게 아닙니다."

교수들은 사색이 됐다.

사태가 이 지경에 이르렀는데 아직까지 빠져나갈 수 있다고 생각한다.

"……그게 공정위한테 먹히겠소? 이미 우릴 입건까지 했는데."

"그럼 이제 와 빠져나갈 수 있다 생각하십니까?"

"그건……."

"물론 처음은 나와 제자들의 감정싸움으로 시작됐지요. 한데 이 상태에선 돌이킬 수 없어요. 공정위는 담합 정황 더 조사할 거요."

그것 또한 맞는 말이었다.

들러리를 서 준 순간 한배를 탄 것이었으니.

"……그럼 우린 어쩌라는 거요."

"입조심합시다. 서로를 위해."

"되겠습니까. 공정위가 저렇게 움직이는 건 분명 확실한 증거가 나와서 저런 걸 텐데."

**공정거래
위원회**

한 교수는 단호히 고개를 저었다.

"그 부분이라면 염려 마십쇼. 아직 아무것도 파악한 게 없으니."

"뭐?"

"전 오늘 소환돼서 취조까지 받았습니다. 한데 계속 유도 신문만 해 댈 뿐 아무것도 아는 게 없더군요."

"지금은 그래도 내부고발자 나오면 달라질 거요."

"우리 말곤 나올 내부고발자가 없습니다. 설마 제 밑에 있는 놈이 절 배신하겠습니까."

교수들도 이 말만큼은 반박할 수 없었다. 자신들이 대학원 생들에게 얼마나 절대적인 존재인지 충분히 알고 있다.

"아시는 분은 아시겠지만 전 비슷한 문제로 징계위까지 가 봤습니다. 한데 무사히 살아오지 않았습니까."

"……."

"잠깐 시끄럽고 말 문제예요. 다만 여러모로 심려 끼쳐 드려 죄송합니다."

한 교수가 고개를 푹 숙이자 이들은 바삐 눈빛을 움직였다.

정말 이대로 끝날 수 있을까?

여기 있는 사람들만 입을 다물면?

"……."

"……."

아무런 확신도 들지 않았다.

[한명석 교수를 규탄합니다!]

이튿날.

예고했던 대로 대자보 게시가 강행되었다.

석박사 원생들이 한명석 교수를 공개 저격한 것이다.

절대적인 '을'들이 이름까지 내걸며 싸우는 건 학업을 포기하겠단 뜻과 다름없다. 전례 없는 대자보가 게시되자 청운대는 중앙도서관부터 정문까지 발 디딜 틈이 없었다.

『다음은 연구비 횡령 의혹입니다.

저희 연구팀 경비 내역엔 수많은 용역 업체들이 있습니다만, 사실 이 작업엔 대부분 대학원생들이 투입되었습니다.

안 쓴 외부 용역을 고용한 것처럼 포장한 저의가 무엇인지요. 저희는 현장실습이란 미명하에 최소한의 노무비도 제공받지 못했습니다.

저희는 이 문제를 수차례나 윤리위원회에 제기해 왔으나 번번이 묵살당해 왔습니다. 심지어 한 교수님께선 비슷한 전력으로 과거에 징계위에 회부된 적 있으나, 엄중경고라는 납득할 수 없는 조치로 사안이 무산되었습니다.

친애하는 학우 여러분.

이건 비단 대학가에 만연한 연구비 부풀리기 문제가 아닙니다.

지도교수가 마음만 먹으면 대학원생들을 머슴처럼 부리고, 연구 실적도 뺏을 수 있으며, 연구비도 제멋대로 쓸 수 있는 절대 권력에 대한 비판입니다.

고심 끝에 저희는 이 문제를 공정위에 신고하였고, 현재 관련 대학들을 모두 입건 처리되었습니다. 하여 저희 일동은 마지막으로 청운대 윤리위원회에 진상조사를 요구합니다.

투명한 연구비 내역과 대학원생들의 빼앗긴 연구 실적을 명명백백히 밝혀 주십시오.』

"서명 한 번만 해 주세요!"

"여러분들의 관심이 저희들에겐 큰 힘이 됩니다!"

"무너진 연구 윤리를 회복하는 데 최선을 다하겠습니다!"

제보자들은 도서관 앞에서 좌판을 깔고 촉구 성명을 받았다. 수많은 학생이 기꺼이 이름을 올리며 지지를 밝혔다.

이틀 만에 1만 성명을 돌파하자 청운대 커뮤니티도 들끓었다.

–한마디로 열정페이라는 거네? 용역 고용했으면 돈 나가는데, 그걸

대학원생들한테 짬 때렸단 거지?

　-ㅇ.ㅇ 그렇게 아낀 돈은 교수 뒷주머니로 가고.

　-갑자기 내 지도교수가 악마로 보인다. 졸업할 때 되니까 계속 대학원 권유하던데. 목적이 이거였어?

　-ㅊㅋㅊㅋ 너 리포트 좀 썼나 보다. 논문 대필로 제격인가 보네.

　-환경공학 재학생인데 난 솔직히 잘 안 믿긴다. 한명석 교수님이 내 지도교수님이었거든. 근데 장학금 잘 챙겨 주고 논문 첨삭 잘해 주시고 절대 그럴 분이 아닌데.

　-ㅋㅋㅋㅋ 모든 교수가 다 학부생한텐 친절해. 대학원 가면 달라지는 거지.

　-근데 주요 대학 네 곳이 입찰 담합했다는 게 말이 되냐? 다 명문 대학들인데 진짜 이런 짓을 했다고?

　-친구야…… 대학 교수들은 더한 짓도 할 수 있는 사람들이야 ㅠ

　-이 정도면 약과다. 솔직히 공정위에서 입건 처리했다는 건 뭐 하나 켕기는 게 있단 얘기.

　캠퍼스가 완전 전쟁터로 변했을 때, 준철은 절차대로 각 대학들을 한자리에 소환했다.

　"그쯤 하시구려. 온 대학가를 다 벌집으로 만드셨구만."

한자리에 모인 들러리 대학교의 첫마디였다.

"청운대 대자보 때문에 애먼 우리까지 피해를 입고 있소."

"공정위는 이 피해에 대해 어떻게 보상할 거요."

기가 차서 한동안 말도 나오지 않았다.

"……자백하러 오신 줄 알았는데 아닌가 보네요."

"자백? 무슨 자백?"

"한 교수가 이 프로젝트 따낼 때 들러리 서 줬잖아요."

"그거 증거는 있는 얘기요?"

"한 교수가 10억에 낙찰받았습니다. 근데 돈이 어찌나 남는지 전부 다 이상한 대로 경비 처리 시켰어요. 다른 대학에선 왜 11, 12억씩 부른 겁니까."

"그게 뭔 대수라고! 우리 셈법엔 그 돈이 맞았으니까!"

"아니 그럼 정부 주관 사업에서 떨어지면 전부 들러리야? 그럴 거면 공개 입찰을 뭐 하러 해!"

준철은 할 말이 없었다.

상황이 예상한 것보다 더 최악으로 돌아간다.

뚜렷한 증거가 남지 않은 이번 담합은, 이렇게 무작정 우기기만 해도 수사처에 불리했다.

이들에게 사과와 반성을 바라는 건 처음부터 너무 큰 기대였을까.

'하아…….'

사실 사안이 이쯤 되면 놈들도 불안을 느낄 것이라 생각했다. 주가 게시판이 지금처럼 불붙으면 회사는 대번에 쓰러졌을 것이다.

하지만 평소 알고 있던 상식이 여기선 적용이 되지 않았다. 대학원생들이 아무리 불붙어도 결국 자기들 선에서 정리할 수 있단 뜻이리라.

"보아하니 아무런 증거도 없이 사건 진행시킨 것 같구먼."

"……."

"젊은 팀장님. 우리 죄가 확실한 거 같으면 무슨 증거라도 가져와 봐요. 뭐 하나 걸리는 건 있으니까 일을 이 지경까지 키운 게 아니요."

자신감 넘치는 이들의 목소리가 모든 걸 말해 준다.

대학들끼린 절대 배신하지 않을 것이란 걸.

"지금이라도 자백하시면……."

"아, 왜 자꾸 없는 죄를 자백하래요!"

"우리도 더는 못 참아. 해당 사태가 무혐의로 끝나면 우리도 공정위를 검찰에 고발할 거요."

그렇게 모든 게 끝났다고 생각할 때였다.

문득 모르는 번호로 전화가 한 통 도착했다.

취조실 분위기가 너무 험악해 그냥 끊으려 했는데, 뭔가 묘한 기분이 들었다.

"잠시 전화 좀."

그렇게 준철이 나가자 교수들이 쑥덕댔다.

"한 교수 말이 맞네. 진짜 잡은 증거 하나 없이 움직였구 먼."

"딱 봐도 애송이야. 변호사 괜히 오라 했어."

"쉿! 그래도 취조실인데 말조심해."

"걱정 마. 변호사 오기 전까진 서로 녹취 안 하기로 했잖아."

"만약 녹취 돌렸으면 우리야 더 좋지. 이거 불법 녹취로 바로 걸어 버릴 수 있는데."

"생각해 보니 진짜 괘씸해. 뭐 절차적 하자 이런 거 없나?"

"없으면 무고라도 걸자고. 우리가 당한 망신 그 이상은 갚아 줘야지!"

참을 수가 없었다.

청운대 대자보에 나란히 이름을 올리며 사방에서 공격받지 않았나.

이 사태를 잘 넘기는 건 이젠 걱정도 되지 않았다. 애초에 이런 고초를 겪게 한 이놈을 아예 이 바닥에서 묻어 버리고 싶었다.

그렇게 작당을 모의하고 있을 때 준철이 짧은 통화를 마치고 다시 들어섰다.

"그럼 모두들 입찰 담합 혐의 인정 안 하시는 거죠?"

"몇 번이나 말해야 알아듣소?"

"그럼 취조는 여기서 마치겠습니다."

준철이 짐을 주섬주섬 챙기자 한 사내가 팔목을 잡았다.

"뭐? 여기서 끝이라고?"

"네. 변호사 오실 필요 없습니다."

"당신 지금 뭐 하자는 거야! 무고한 사람 불러다 갖은 고초를 겪게 해 놓고 이게 끝?"

"오늘은 끝이라는 겁니다. 나중에 진술 번복하지 마세요."

"뭐?"

"절대로 저희한테 자백하지 마시라고요. 자백한다 해도 이제 정상참작은 없을 겁니다."

준철은 허겁지겁 자료를 챙겨서 어디론가 달리기 시작했다.

교수들은 어안이 벙벙했다.

♻

약속 장소에 도착하니 익숙한 얼굴이 보였다.

이민석이 초조한 눈빛으로 고개를 숙이고 있었다.

넥타이를 가다듬고 그에게 다가가니, 그가 한동안 준철을 노려봤다.

"당신들 땜에 다 망쳤어요…… 알아요?"

"……."

"이 정도는 다른 교수도 다 하는 일이라고…… 근데 당신들 때문에…… 지금 내 입장이 어떤지 알아요?"

힘없던 그의 목소리가 점점 격앙되었다.

하지만 따지러 온 것 같진 않아 보인다.

눈에는 눈물이 글썽거렸고, 말투는 거의 체념한 듯 보였다.

준철은 그의 한풀이가 다 끝날 때까지 아무런 대꾸도 하지 않았다.

그렇게 넋두리가 다 끝났을 때 조심히 입을 열었다.

"민석 씨도 피해자잖아요. 그렇죠?"

"나는…….”

"어려울 겁니다. 현 상황에서 빠져나가는 건."

"…….”

"저흰 지금 입찰사로 참여했던 대학들 전부 소환했어요. 곧 자백 나올 겁니다."

이민석은 체념한 얼굴이다.

교내에 대자보가 게시되며 이미 내막이 다 퍼진 상태였다. 한 교수의 비리는 물론, 중간에서 이를 덮어 주려 했던 이민석의 시도도 어느새 파다하게 퍼졌다.

커뮤니티에선 곧 실명까지 거론되었고, 악마에게 영혼을 팔았단 비난이 솟구쳤다.

마지막이란 위안으로 견뎌 내기엔 너무 큰 산이었다.

그런 마당에 공정위가 너무 확고한 처벌 의지를 보여 주었다.

그것이 그를 미치도록 불안하게 만들었다. 공정위 말대로 담합이 밝혀지면 한 교수의 추락은 자명한 일이다. 어쩌면 한 교수와 함께 순장당할 수도 있겠단 생각이 들었다.

"지금이라도 말씀해 주세요. 제가 알기론 민석 씨는 가장 오래 일하면서 부조리도 많이 알고 있을 거라 생각합니다."

긴 시간이 흘렀고 결국 그의 뺨에 눈물 한 줄이 흘렀다.

"나도…… 무사치 못하겠죠."

"네?"

"한 교수가 이번 일만 잘 해결되면 박사 학위 통과시켜 주겠다 했거든요. 만약 한 교수가 무너지면…… 나도 무사치 못하겠죠."

준철은 말없이 그를 바라봤다.

무슨 위로를 건네야 할지 모르겠다.

"……오히려 지금이라도 빠져나오는 게 더 큰 도움이 될 겁니다. 학생들이 이렇게 분노하는데 청운대도 이번 사안 쉬이 못 넘겨요."

"……."

"담합을 못 밝혀도 횡령은 밝혀낼 겁니다. 그럼 중간에서 무마하려 했던 민석 씨에게도 큰 피해가 올 겁니다."

이민석은 주체할 수 없이 눈물을 흘리다 한 서류를 건넸다.

"담합……했습니다."

준철의 눈이 커졌다.

"장 대표가 나랑 상의하면서 다른 대학이 얼마에 입찰할 건지 알려 줬거든요. 이게 그 기록입니다.

준철은 서둘러 서류를 살폈다.

빼도 박도 못할 증거였다.

메신저에는 들러리 대학들의 입찰 가격이 상세히 나와 있었다.

"당연히 횡령도 했습니다. 사실 한 교수가 들러리 대학에 돌릴 떡값 마련하려고 1억가량 현금화시켰거든요."

"혹시……."

"네. 제가 그 과정에서 돈세탁 도왔습니다."

그는 고개를 푹 숙였다.

"저도…… 처벌받겠죠."

"강압 때문에 그러셨죠?"

"……예?"

"한 교수가 이거 안 하면 논문 탈락시켜 버리겠다, 업계에서 매장시켜 버리겠다 이런 협박했죠?"

"그런 협박은 없었……."

"잘 생각해 보세요. 분명 그랬을 겁니다."

이민석이 눈만 껌뻑거리자 준철이 굳은 얼굴로 말했다.

"직접적인 말은 안 들었어도, 그런 배경 때문에 거절 못 한 거 아니에요."

"……아, 예."

"꼭 그렇게만 말하세요. 위계에 의한 협박, 아니 그냥 거부할 수 없는 지시가 있었다고."

법은 말장난이다.

협박이란 단어는 책임질 게 너무 많지만, 거부할 수 없는 지시 같은 완곡한 단어는 뜻도 전달되고 책임질 일도 없다.

"그리고 이건 민석 씨에게 오히려 기회가 될 수 있습니다."

"……예?"

"저희는 이 문제 윤리위원회에 제기하고, 그간 뺏겼던 논문 다 주인 찾아 줄 거거든요. 민석 씨 논문도 반드시 찾아가세요."

준철은 그쯤 말하고 자리에서 일어섰다.

취조실에서 뻔뻔하게 굴던 교수들 얼굴이 뇌리에서 잊히지가 않는다. 마음 같아선 돌아가는 즉시 재소환해 버리고 싶었다.

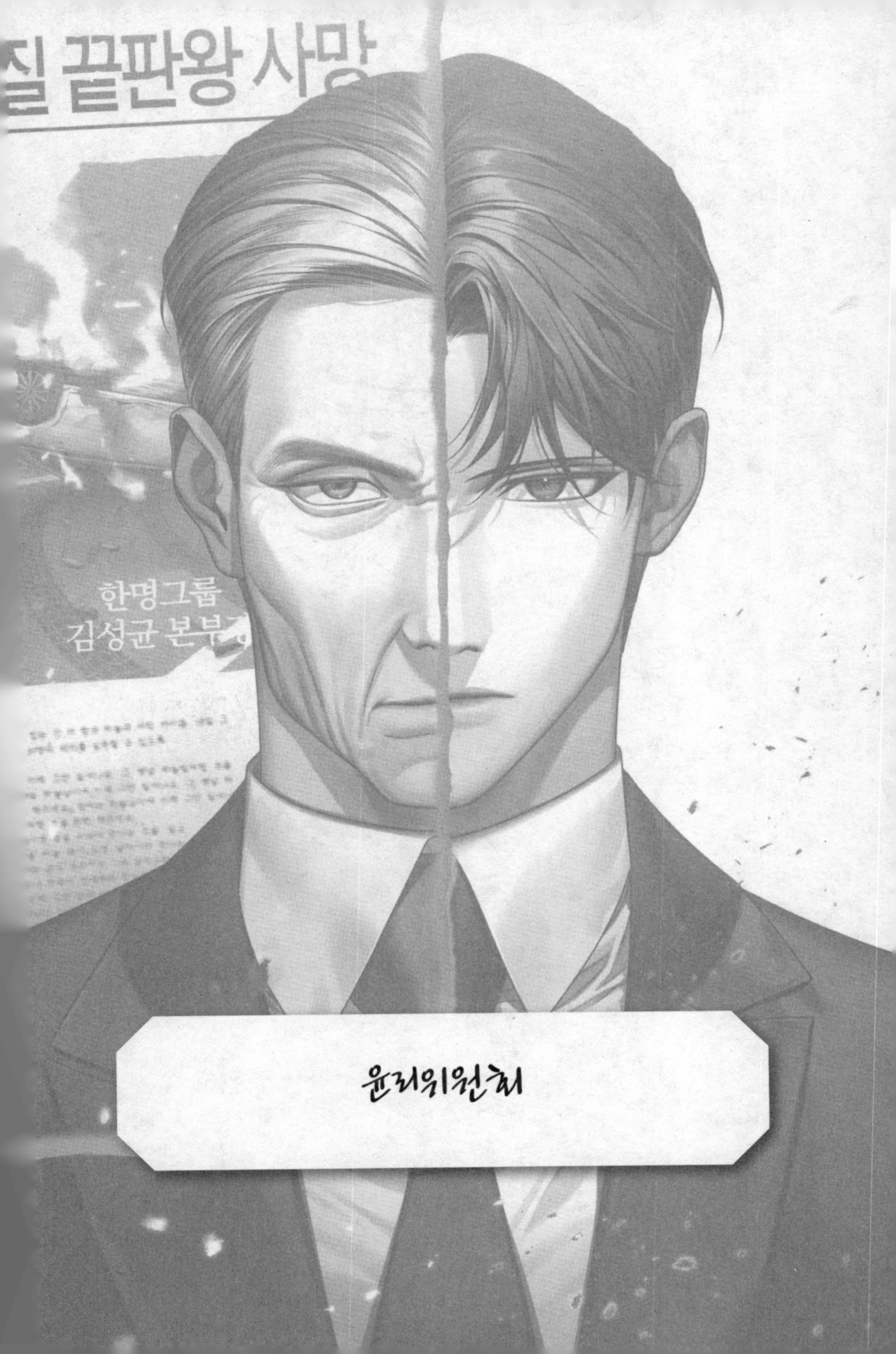
질 끝판왕 사망
한명그룹
김성균 본부
윤리위원회

"팀장님 정리 다 했습니다."

이민석의 자백으로 마지막 남은 퍼즐이 완성되었다.

메신저에는 주요 대학들이 투찰 가격을 공유한 흔적이 남아 있었다.

다행스럽게도 투찰 가격은 한 번에 결정되지 않았다. 혹여나 있을 당국의 의심을 피하기 주요 대학들은 아슬아슬한 가격으로 입찰했다.

"천만다행이네요. 이 과정이 다 나와 있어서."

종합보고서가 완성되었을 땐 가슴을 쓸어 내렸다.

겉으로 보기엔 전혀 담합을 의심할 수 없는 정황 아닌가. 적나라한 대화 내역을 잡지 못했다면 법원에서도 무죄 판결을 받았을 것이다.

"어떡할까요, 팀장님. 이제 다시 줄소환해도 되겠는데요."

"반장님. 뭘 또 친절하게 재소환해 줘요? 두 번째는 영장 쳐서 끌고 와야지."

"아서. 영장까지 나올 만한 사안은 아니다."

"당연히 기각되겠지만 똥줄은 한번 타야죠."

"저희가 신청한 것만으로도 엄청 부담일걸요. 그리고 지금 꽉 밟아 놔야 나중에 과징금 부과할 때 찍소리 못 합니다."

반원들은 전의가 불타올랐다.

입찰 담합이란 원체 잡기 힘든 비리고, 놈들은 죽을 때까지 아니라고 우길 기세였다. 그런 놈들이 공정위 과징금이라곤 순순히 인정하겠나.

"주요 대학 교수들 영장 치면 언론도 가만있지 않을 겁니다."

"확실한 증거 잡았으니 이젠 공론화돼도 무서울 거 없잖아요."

그렇게 의견이 모이는가 싶었지만 결정권을 쥔 준철은 한마디도 떼지 않고 있었다.

"팀장님. 찬성하시는 거죠?"

"조금만…… 신중하게 결정해요."

예상외의 대답에 모두 눈이 커졌다. 사건 공론화를 가장 좋아하는 양반이 왜?

공정거래
위원회

준철은 바로 고개를 돌렸다.

"반장님. 이거 과징금은 얼마나 나올 것 같습니까?"

"최대치가 한…… 1억요."

"다 합한 금액입니까?"

"네. 들러리 대학이랑 청운대랑 전부 합한 금액입니다. 사실 담합액이 얼마 되지 않아 이것도 무리한 감이 있습니다."

10억짜리 연구였지만 부풀린 돈은 2억이 채 되질 않는다. 1억도 영혼을 다 끌어모아 부과한 과징금이다.

"사태가 이 지경에 이르렀으니 대학 당국도 이 과징금을 거부하진 않을 겁니다. 어떻게든 빨리 끝내고 싶겠죠."

"사실…… 제가 고민되는 건 그게 아닙니다."

"하면?"

"이게 처벌의 끝이라는 거잖아요? 더 이상 뭐 해 볼 수도 없고."

전의에 타올랐던 회의실 분위기가 착 가라앉았다.

겨우 이 정도 가지고 한 교수가 구속이 되겠나 뭐가 되겠나. 처벌은 과징금이 끝이다. 그것도 한 교수 본인이 내는 게 아니라 대학교 법인에 물리는 과징금이다.

"그럼 저희도 치사한 카드 쓸까요? 별건 수사."

"맞아요. 한 교수 연구비 횡령한 돈도 제법 되던데. 이거 싹 다 검찰에 줘서 실형 노려 보죠."

한동안 불타올랐지만 이내 조용해졌다.

그건 대학가에 만연한 일이고, 돈만 원래대로 돌려놓으면 검찰도 손을 뗄 일이기 때문이다.

준철은 이내 결심을 내렸다.

이 사건을 제대로 해결하면서도, 한 교수를 철저히 단죄할 수 있는 방법. 역시 그것밖에 없다.

"이거 청운대 윤리위원회에 보내겠습니다."

"윤리위요?"

"네. 징계심사 열어 달라고 부탁해 보죠."

"아니, 그건 하나 마나 아닙니까. 자기들 동료 교수들이 판사 역할 하는 건데."

"그래도 이 방법밖에 없습니다. 한 교수는 딱히 과징금에 타격도 안 갈 겁니다."

"……설마 징계위 열어서 해임이나 파면 요구하시려고요?"

"네. 그게 가장 좋은 처벌이에요."

반원들도 반박할 수 없었다.

공정위든 검찰이든 내릴 수 있는 처벌엔 한계가 있다. 어차피 뻔뻔한 놈이니, 이런 처벌은 잠깐 망신당했다고 생각할 놈이다.

"그리고 이 문제의 가장 근원적인 것도 남았잖아요. 논문제 주인 찾기. 청운대가 징계위 열어 줘야 이 작업도 이뤄질 겁니다."

"무슨 말씀인지는 알겠습니다만 이게 가능할까요? 우리가

공정거래
위원회

뭐 청운대 관계자 중에 아는 사람도 없는데."

"사실 딱 하나 있긴 한데……."

준철의 눈빛이 빛났다.

"일단 자료 넘겨주세요. 부탁은 한번 드려 보겠습니다."

⟡

준철은 청운대학교 명예교수인 신영석 교수와 홍 교수를 모셨다.

착한 프랜차이즈 사업 때 만나 봤다는 얄팍한 관계였지만, 지금은 이 연줄이라도 동원해야 한다.

"자세한 얘기는 됐고. 이걸 우리한테 주는 이유가 뭐지?"

"명확한 증거가 잡혔는데 이걸 어찌하면 좋을지……."

"증거 잡혔으면 검찰에 넘겨. 과징금이야 공정위가 부르는 게 값이지. 학교 당국도 이 문제 얼른 끝내고 싶어 하네."

함께 듣고 있던 홍 교수는 슬쩍 웃더니 거들었다.

"신 교수님. 이 친구가 뭐 그런 자문이 필요해서 우릴 불렀겠수."

"……."

"꺼내고 싶은 얘기가 많은 것 같은데 한번 해 보시구려."

준철은 조심히 서류를 올렸다.

"저희는 대학 당국에 처벌 권한을 드리고자 합니다."

"처벌 권한?"

"사실 과징금이라 해 봤자 한 교수에겐 그리 큰 처벌이 아닐 겁니다. 애초에 이 문제의 근본적인 이유도 아니었고요."

"학생들 논문 손댄 게 근원적인 이유라는 건가."

"네. 하지만 아시다시피 저희에겐 이런 처벌 권한이 없습니다. 청운대가 자체 징계위를 꾸려 진상 파악에 나서 주십쇼."

두 사람은 이런 수순을 예상하고 있었는지 얼굴이 덤덤했다.

사실 대자보가 게시되고 서명운동이 전개되면서 교수진도 이 사안에 촉각을 기울이고 있었다. 공정위의 조사 결과를 지켜보자고 지금까지 미뤄 왔을 뿐.

"자네가 원하는 징계 결과는 뭔데."

"파면이나 해임입니다. 그리고 손댔던 논문은 제 주인 찾아가길 바랍니다."

신 교수는 떨떠름하게 보더니 물었다.

"자네가 우리한테 징계위를 요구하는 건 권한을 양도하겠단 거지?"

"물론입니다."

"징계위에서 자네가 원하는 결과가 안 나올 수도 있어. 근데 자네는 그 결과에 물러설 것 같지가 않은데."

징계위가 또다시 솜방망이 처벌을 해도 승복할 것인가.

중요한 문제였다.

공정거래
위원회

준철이 오랜 시간 고민한 문제기도 했고.

"아닙니다. 무슨 결과든 저희는 승복하겠습니다."

"뭐?"

"징계위에서 감봉이나 경고로 마무리하면, 그건 저희가 따라야지요. 다만 현재 학생들의 반발이 만만치 않은데, 그걸 좀 고려해 주십쇼."

할 수 있는 말은 그 말이 최선이었다.

아무리 폐쇄적이다, 권위적이다 욕해도 교수 사회가 그리 결론 내렸다면 그 결과엔 승복해야 한다.

"알겠네. 우리도 고민해 보지."

"예. 그러면⋯⋯."

"그쯤 해. 우리도 확답은 못 줘."

시원치 않은 반응이었지만 그 이상 부탁할 순 없는 노릇이다. 준철은 고개를 꾸벅 숙이며 자리에서 물러날 수밖에 없었다.

그렇게 준철이 나가고 긴 시간 정적에 휩싸였을 때 홍 교수가 대뜸 말했다.

"하슈."

"뭐?"

"저 친구 안 찾아왔어도 뭐 하긴 할 거였잖아."

"⋯⋯이게 뭐 그렇게 쉬운 일인가?"

"부총장이 징계위원 아홉 명만 임명하면 끝나는 일이야.

노상 서로 연락하더만. 이미 얘기는 어느 정도 되지 않았어?"

신 교수는 꿍 하니 말이 없었다.

"차라리 잘된 일이야. 공정위가 과징금 발표하기 전에, 우리 쪽에서 먼저 정리하는 게 모양새도 나아."

"저래 봬도 한 교수 수질 업계 최고의 권위자야. 그놈 날려버리면 밑에 석박들은?"

"제자들 생각하면 더더욱 빨리 내쳐야지. 새벽에 대리운전 부르고, 제 새끼 어린이집 등교시키고, 연구 실적까지 모조리 다 독식하는데 학생들 의욕이 나겠어?"

"……."

"해 처먹은 돈은 또 왜 이리 많아? 연구비 카드가 무슨 생활비 카드야. 어수선한 분위기 정리하려면 우리도 저 암덩어리 빨리 정리해야 돼."

신 교수는 길게 한숨을 내쉬었다.

청운대는 이미 이 문제로 초토화가 되었다. 모두가 납득할 수 없는 결과가 나온다면 학생들이 수업을 보이콧할지도 모른다.

☍

공정위는 확보한 증거를 주요 대학 모든 곳에 서신으로 보냈다.

시퍼런 증거들 앞에 이번엔 모두들 입을 다물었다.

더 이상 왜곡된 증거다, 모함이다 하는 등의 변명이 통하지 않는다. 이젠 이걸 어떻게 빠져나갈지가 관건이었다.

"등잔 밑이 어둡다더니. 그 새끼가 내 뒤통수를 칠 줄이야."

분위기가 급반전되자 한 교수의 입도 한층 거칠어졌다.

이민석은 심복이라 생각하지 않았나. 정확히 말하자면 이민석에 걸린 목줄을 철석같이 믿었다.

하지만 놈이 배신하며 이제는 빠져나갈 수 없는 지경에 이르렀다.

"어떡할까요…… 교수님."

한 교수와 운명공동체인 장 대표가 말했다.

"……담합 증거가 다 나와 이젠 빼도 박도 못하겠습니다."

"타 대학들은 진술했나?"

"아직 버티고는 있지만 곧 나올 겁니다. 변호사를 알아보고 있다더군요."

절망적이다.

아마 얼마 버티지 못하고 무너질 거다. 이민석도 무너졌는데, 이해관계가 전혀 없는 타 대학들은 더 쉽게 무너질 거다.

"만약 들키면 처벌은 어느 정도로 나온대?"

"과징금은 피할 수 없을 겁니다. 총 1억 대 예상하고 있더군요."

"다른 건?"

"이 사건 가지고 실형 때리네 마네 소린 안 나올 겁니다. 지금이라도 저희가 조사에 협조하면 곧 끝날 겁니다."

장 대표의 전망에 한 교수가 지그시 웃었다.

솔직히 말해 그 정도는 견딜 만하다.

공정위의 처벌은 과징금에 그칠 것이고, 명예에 약간 흠이 가는 정도다.

"장 대표. 그냥 재수 없어서 똥 밟은 셈 치자. 버텨 봐야 남아날 수 없겠어."

"……그렇죠?"

"나도 솔직히 과징금 정도면 납득해. 그냥 타 대학들이랑 술자리 몇 번 가졌고, 연구만 하는 사람들이라 그게 위법인지 몰랐다고 둘러대."

씨알도 안 먹힐 거짓말이지만 업계에선 늘 이 방법이 통했다.

"혹시 아나, 과징금이라도 좀 깎을지."

"알겠습니다. 한데……."

"걱정 마. 나야 법정형 아니면 교수직에서 쫓겨날 일 없으니."

"물론입니다. 근데 학생들이 이 결과에 납득하지 않으면 일이 커질 수 있습니다."

"학생은 무슨. 이놈들 다 내쫓아 버릴 건데."

"……예?"

"나 배신한 놈들 데리고 어떻게 연구 계속해? 싹 다 정리할 거야. 내일부터 그놈들은 청운대 학생들 아니야."

도무지 용서할 수가 없는 놈들이다.

고작 그거 했다고 이런 망신을 줘?

한편으론 그 순진무구함에 딱한 마음이 든다. 이렇게 하면 세상이 바뀔 줄 알았나 보다.

교수라는 존재는 그리 쉽게 무너지는 자리가 아니다. 이제 다시 갑을 관계로 돌아가서 지옥 같은 대학원생 생활을 보여 주리라.

한 교수는 이민석이 단독으로 이름 올라 있는 논문을 갈가리 찢었다.

"이 새끼부터 죽여 놔야지."

하지만 그때 바깥에서 노크 소리가 들리며 조교 한 명이 급히 들어왔다.

"교, 교수님. 윤리위원회에서 공문이 왔습니다."

조교는 사색이 된 얼굴로 서류를 건넸다.

"부총장님 명의입니다…… 징계위원회를 열겠답니다."

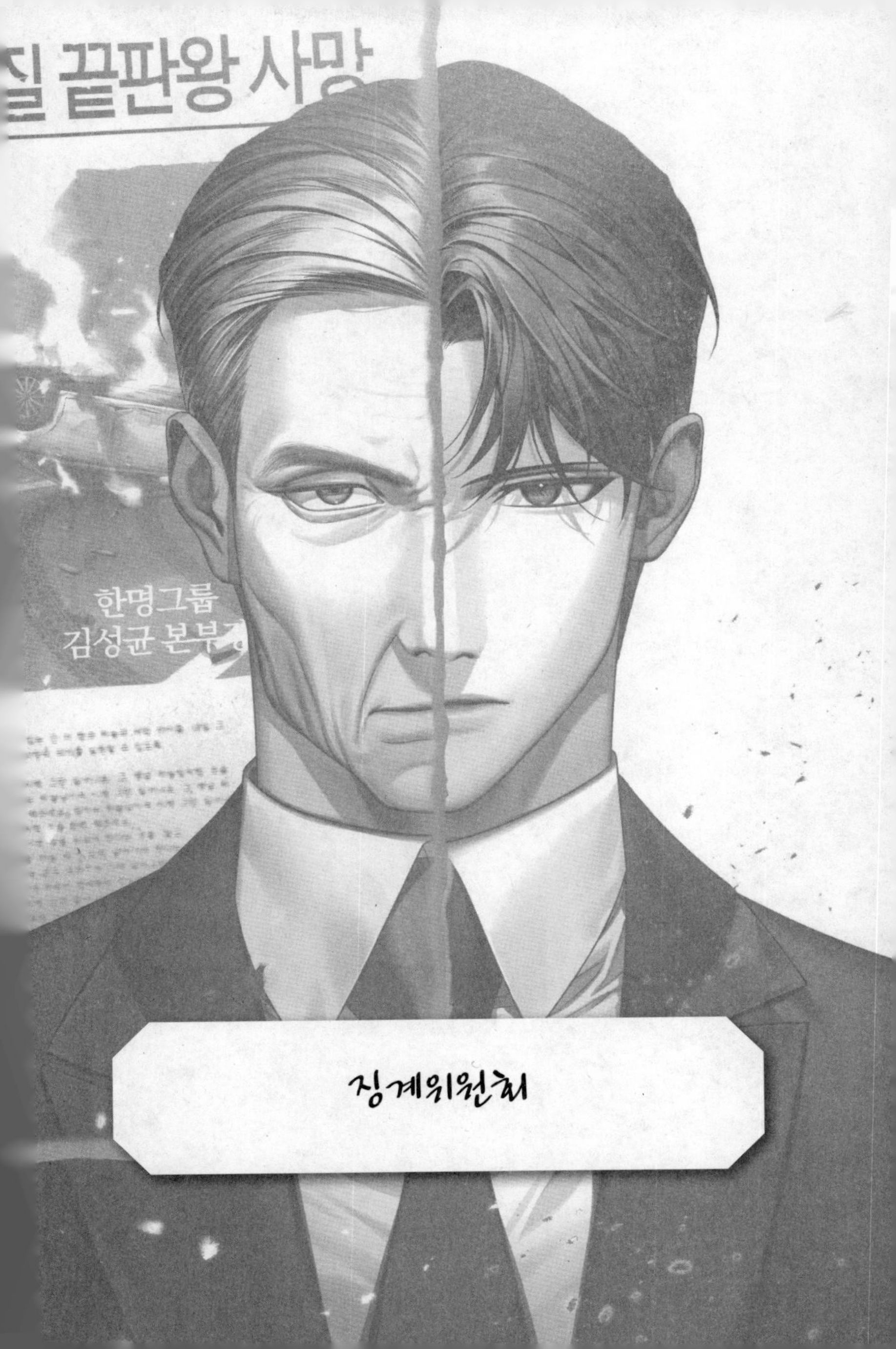
질 끝판왕 사망
한명그룹
김성균 본부
징계위원회

청운대가 윤리위원회를 소집했단 소식은 곧 파다하게 퍼졌다.

통상 윤리위는 9명을 위임하며 이 중 4명을 외부 인사로 임명한다.

그중 1석을 학생대표(학생위원)로 선임할 것인지 말 것인지에 대한 입장 차가 있었지만, 이번 윤리위가 사실상 한 교수 징계위라는 것엔 이견이 없었다.

대학 당국의 발 빠른 대처에 맞춰 준철도 곧바로 재소환에 돌입했다.

들러리 대학을 모두 한자리에 불렀는데, 이번엔 교수 대신 변호사들이 출석하였다. 더 이상 발뺌하긴 힘드니 이젠 처벌 수위를 협상하러 온 것이다.

"민석 씨. 여깁니다."

그렇게 대망의 징계위 소집 당일이 왔을 때.

준철은 서류를 한가득 안고 청운대로 향했다.

느지막이 도착한 이민석은 긴장한 얼굴이었다.

"밤새 못 주무셨죠."

"……네. 이런 자리는 처음이라서."

"너무 긴장할 필요 없습니다. 겪은 일, 아는 사실만 말씀해 주시면 돼요."

지금 이 순간 누구보다 심란한 마음일 것이다.

윤리위는 진상 조사를 위해 증인 두 명을 신청했는데 하나는 공정위, 다른 하나가 이민석이었다.

"그 전에 먼저 저희 수사 결과부터 말씀드릴게요."

"네."

"자백 나왔습니다."

이민석의 눈동자가 커졌다.

"저, 정말요?"

"네. 영서대, 원미대 모두 입찰 담합 사실 인정했어요. 다른 두 대학도 저희랑 처벌 수위 협상 중입니다. 곧 진술서 쓸 거예요."

"……."

"고맙습니다. 이 모두 민석 씨가 공익 제보해 주셔서 가능

공정거래
위원회

한 일이었습니다."

이민석의 얼굴은 밝지도 어둡지도 않았다.

착잡할 것이다. 어떤 결과가 나오든 그는 최대 피해자일
수밖에 없으니.

"근데 이게…… 진짜 한 교수 파면으로 이어질까요?"

"장담할 순 없지만. 지난번처럼 경고로 끝나진 않을 겁니
다."

"그렇다고 중징계가 떨어질 것 같지도 않네요."

"네?"

"거절됐대요. 징계위원 중 한 명을 학생대표로 선발하는
거……."

풀이 죽은 이유가 따로 있었구나.

징계위원은 유무죄를 판가름해 줄 배심원 같은 자리다. 당
연히 누구보다 학생대표 한 명이 선임되길 바랐는데, 끝내
문턱을 넘지 못했다.

"걱정 마세요. 그래도 이번 징계위원장은 부총장이 직접
맡았다 합니다."

"그게 의미가 있나요…… 부총장도 어차피 교수 편인데."

"꼭 그렇지만도 않아요. 부총장이 직접 참여했다는 건 교
수들끼리 밀실 회의 못 하게 막겠단 뜻입니다."

"……정말요?"

"네. 그리고 어지간해서 부총장이 직접 참여하진 않아요.

그만큼 사안의 심각성을 인지하고 있다는 겁니다."

그리 말하자 이민석도 시종일관 굳어 있던 얼굴을 조금 풀었다.

겪은 일, 당한 사실만 말하고 오면 되는 자리다.

그것만 생각하자.

한 교수 징계위원회는 한 교수의 출석 없이 이루어졌다.

보안상 징계위는 9명의 위원들만 자리했는데 그중 두 사람은 준철이 아는 얼굴이었다.

'감사합니다. 신 교수님…… 홍 교수님…….'

그리 생각하며 슬쩍 눈인사를 건넸지만 신 교수는 이미 인사를 받아 줄 기분이 아니었다. 그는 텅 빈 자리를 바라보며 말문을 열었다.

"안타깝기 그지없습니다. 대학 윤리위원회는 불필요한 법적 절차를 줄이고, 학계가 스스로 자성하는 자리라는 데 의미가 있겠습니다. 그런 만큼 서로의 입장을 충분히 들어 볼 것을 기대했는데, 안타깝게 됐군요."

행정 처벌과 마찬가지로 윤리위의 결정엔 강제성이 없다.

당사자가 불복하면 법정 싸움까지 가야 하는 것이다.

한 교수의 불출석은 당연히 이를 시사하는 행동이며, 이로써 대학이 지킬 수 있는 마지막 품위도 물거품이 되어 버렸다.

"바로 안건에 들어가겠습니다. 먼저 공정위의 입장을 들어보고 싶군요."

중간에 앉아 있던 부총장이 준철에게 눈을 돌렸다.

"현 조사가 어디까지 진행됐는지 소상히 말씀해 주십시오."

준철은 자리에서 일어나 서류를 건넸다.

어제 막 들러리 대학들에게 받은 따끈따끈한 진술서였다.

"담합 조사는 이미 끝났습니다. 의심되는 대학들 모두 비리를 시인했고, 저희들의 과징금에도 승복했습니다."

"그 액수가 어느 정도인지요."

"각 대학 1천만 원으로 낙찰사인 청운대엔 5천만 원의 과징금을 부과할 계획입니다."

부총장 입에선 침음이 흘러나왔다.

이 자리는 공정위가 증인으로 출석하기도 했지만, 수사 결과를 통보받는 자리기도 하다. 청운대는 사실상 5천만 원의 과징금을 통보받은 것이다.

"또한 이 과정에서 한명석 씨가 어떻게 비자금을 조성해 왔는지 낱낱이 밝혀졌습니다."

"……."

"이는 당연히 횡령 혐의로 검찰에서 따로 조사할 계획입니다."

회의실엔 페이퍼 넘어가는 소리만 들렸다.

짜고 친 대학들이 이미 다 범죄를 자백한 마당이니 무어라 더 물을 말도 없었다.

"이민석 학생."

"……예."

"이 횡령 과정엔 본인이 적지 않은 역할을 한 것으로 알고 있습니다. 연구비 회계 내역을 담당하셨죠?"

"예…… 그렇습니다."

"공정위가 파악한 이 내용이, 본인이 아는 사실과 맞습니까."

부총장의 시선이 옮겨 가자 이민석이 바짝 긴장한 얼굴이 되었다.

하지만 그는 곧 담담하게 대답했다.

"예. 맞습니다."

"전부 다…… 맞아요?"

"네. 쓰지도 않은 용역 업체를 쓴 것처럼 포장해 돈세탁을 했습니다. 연구에 필요한 핵심 부품도 상당 부분 과대 비용 처리시켰고요."

"그 과정에서 대학원생들을 동원한 것도 사실입니까?"

"네. 모두 사실입니다. 저희 연구팀은 현장 실습이란 명목 하에 강에서 샘플을 채취했는데, 정당한 노무비도 받지 못했습니다. 그 돈은 전부 한 교수님 뒤로 들어갔습니다."

"근데 막판에 연구비를 정정한 내역이 있더군요. 정정 사유가 다 회계 담당인 본인의 실수였다고 나오는데."

"그 또한 한 교수의 지시였습니다. 회계 담당인 저에게 뒤집어쓰라 했고, 이 일만 잘 끝나면 박사 논문을 통과시켜 주겠단 회유도 있었습니다."

구체적인 얘기가 시작되자 징계위원 얼굴이 굳어졌다.

"한 교수님의 비리는 여기서 끝이 아닙니다. 대학원생들을 새벽에 불러내 대리운전 시키기 일쑤였고, 딸아이의 등하교를 위해 어린이집에 보내기도 했습니다."

"……."

"이 모두 연구와는 전혀 무관한 일로, 철저히 교수님의 개인적 용무였습니다."

"……."

"또한 학생들이 쓴 개인 논문을 첨삭 등의 이유로 1저자 자리를 빼앗았고, 때론 송두리째 빼앗는 등 부당 행위가 많았습니다."

가장 예민한 주제가 나오자 신 교수가 물었다.

"해당 행위가 오래 있었습니까."

"제가 교수님 밑에서 11년 동안 공부했는데, 지금까지 늘 있었습니다."

"이 문제는 연구자 윤리에 굉장히 중요한 문제입니다. 만연했던 일이면 왜 그간 쉬쉬했던 겁니까."

"모두 박사 학위만 바라보고 공부한 친구들이니까요. 저러다 말겠지 하는 생각으로 버티다 오늘에까지 이르렀습니다."

질타하려고 물은 말이 아니었다.

그 대답에 회의실은 다시 숙연해졌다.

이들은 징계위원이었지만 같은 대학의 교수로서 가해자이기도 했다. 이민석의 증언 앞에 고개를 들기 힘들 정도로 얼굴이 달아올랐다.

"알겠습니다."

"저…… 교수님. 마지막으로 한 말씀 드려도 될까요."

"……말씀하세요."

"사실 이제 와 터져서 그렇지. 한 교수의 만행은 정말 오래되었습니다. 함께 공부한 동기 중에 공부가 힘들어 대학원을 포기한 사람보다, 교수님의 성격을 못 이겨 중퇴한 대학원생이 더욱 많았습니다."

"……."

"한 교수의 범행은 연구윤리를 위반한 것뿐 아니라, 다음 세대의 가능성을 짓밟는 일이기도 했습니다. 선처 없이 한 교수의 죄를 명명백백 밝혀 주시길 부탁드립니다."

이민석은 지금껏 응어리진 말을 쏟아 냈다.

회의실은 완전히 정적에 휩싸였다.

두 증인이 나가고 회의실엔 9명의 징계위원들만 남았다.

긴 정적이 이어졌지만 누구 하나 입을 뗄 수가 없었다.

예상을 뛰어넘는, 상상 이상의 증언들이 2시간 동안 이어졌으니.

"……."

이 자리에 모인 교수들도 사소한 갑질은 하고 사는 사람들이었다.

방학 때 조교에게 책 반납시키고, 연구비로 택시비 결제하는 것 정도는 암암리에 하고 사는 일들이었다.

하지만 연구비 횡령을 위해 유령 업체에 용역을 준 것처럼 꾸미고, 제자들의 논문까지 손대는 이 만행을 어떻게 이해해야 할까.

다들 침통한 얼굴로 말을 잇지 못할 때 한 사내가 말을 이었다.

"사실 사안만 놓고 보면 파면도 아깝습니다. 이건 법원에서 실형이 떨어져도 이상할 게 없는 만행들이니."

모두 동의하는 바였다.

"다만 한 교수의 의도도 확실해 보입니다. 오늘 이 자리에서 어떤 결정이 나오든 그는 불복할 겁니다. 징계위 불출석 자체가 법정 싸움을 시사하는 것이니."

"하면 저희도 적당한 중징계로 끝내는 게 어떨까요?"

"적당?"

"파면 해임까진 무리지만 정직 6개월 정도는 그도 납득할 거라 봅니다. 무엇보다 한 교수가 수질 업계에 공로한 기여도 있으니⋯⋯."

신중한 논의가 오갈 때 불현듯 비웃음 소리가 들렸다.

"공로는 무슨. 제자들 논문 다 슬쩍해서 자기 연구 실적으로 포장했지."

"신 교수님. 진정하시고 우리 이성적으로⋯⋯."

"이성적으로 생각하면 파면에 그칠 게 아니라, 우리 손으로 검찰에 고발까지 해야 합니다. 사안이 이 지경에 이르렀는데 어떻게 정직 6개월 얘기가 나옵니까."

정직 6개월.

웃기는 소리다. 한 교수는 한 학기 안식년이라 생각할 것이다.

"게다가 공정위는 이미 입찰 담합 진술을 모두 받아 내지 않았소. 우리에게 떨어질 과징금이 5천이라 합니다."

"⋯⋯."

"그 어떠한 집단보다 높은 도덕성을 요구받는 대학에 사실상 유죄가 떨어진 셈이죠. 이게 과연 정직으로 끝날 문제입니까."

신 교수는 눈을 돌려 부총장을 바라봤다.

공정거래
위원회

"아시다시피 젊은 세대는 공정과 상식에 누구보다 예민합니다. 한 교수 파면시키지 않는다면 우리조차 뒷감당할 수 없을 게요."

"나도 신 교수님 의견에 동의합니다. 대학 집단이 폐쇄적이란 지적은 늘 있어 왔지요. 만약 오늘 또 하나 마나 한 징계가 나오면 우리 스스로 썩은 집단이란 걸 증명하는 꼴이요."

신 교수와 홍 교수의 반박이 거칠게 이어졌지만 누구 하나 입을 떼지 못했다.

결국 징계위원장인 부총장이 말문을 열었다.

"두 분께선 파면도 그냥 파면으로 끝낼 생각이 없으시지요."

"네. 당연히 한 교수 논문 심사 다시 해야 할 겁니다. 억울하게 뺏긴 논문이 있다면 제 주인 찾아가야죠."

그러기 위해서라도 한 교수는 반드시 교수 사회에서 제명시켜야 한다.

부총장은 한동안 생각에 잠기더니 이내 입을 열었다.

"꽤 긴 싸움이 되겠군. 한 교수는 절대 우리 결정에 따를 리 없으니."

"부총장님 설마……."

"파면합시다. 우리도 이제부턴 무너진 대학 위신을 회복하는 데 최선을 다해야 할 거요."

〈파면 공고〉

안녕하십니까, 청운대 가족 여러분.

최근 불거진 한명석 교수의 비리·비위 행위와 관련하여, 윤리위원회의 결정을 알리고자 합니다.

먼저 제기된 연구비 횡령 의혹입니다.

산학협력단이 맡게 된 [농촌 지역 오염원 연구]에서 다수의 유령 업체 고용이 사실로 확인되었습니다.

이 과정에서 정당한 노무비 지급 없이 대학원생들을 동원한 사실도 확인되었습니다.

윤리위는 이와 관련, 한명석 교수에게 소명을 요구하였지만 당사자의 불출석으로 명확한 대답을 듣지 못한 상태입니다.

다음은 논문의 원저자 논란입니다.

대자보에 게시된 내용대로 현재 다수의 학생들이 논문 '저자권'을 주장하고 있었습니다.

첨삭·번역 등의 사소한 지도로 1저자를 뺏기거나, 단독 논문을 뺏겼다는 것이 학생 측 주장이었습니다.

윤리위는 즉각 관련 전문가들을 소집하였고 재검토에 들어갔습니다.

약식 조사에서 학생 측 주장을 상당 부분 사실로 확인했습니다만, 논문 기여도는 객관적으로 판단하기 힘든 부분이 있어,

아직은 과실이 있다 판단하기 어려웠습니다.

관련 내용은 더욱 심층 재검토하여 그 결과를 발표하도록 하겠습니다.

마지막으로 입찰 담합과 관련한 내용입니다.

한명석 교수의 산학협력팀은 공정위로부터 담합 조사를 받은 바 있습니다. 환경부가 공고한 [농촌 지역 오염원 연구]에 타 대학과 조직적으로 경합을 벌였단 의혹입니다.

결론부터 말씀드리자면 이 내용은 모두 사실로 확인되었습니다.

낙찰사인 저희 청운대엔 5천만 원이 부과되었습니다.

저희 청운대는 이 과징금에 이의 제기를 하지 않을 생각이며, 이 과실의 전적인 책임은 주도자인 한명석 교수에게 있다 판단하였습니다.

하여 이 내용들을 종합해 판단한 바,

한명석 교수의 파면이 결정되었음을 알립니다.

❧

한 교수의 파면 공고는 청운대 홈페이지를 통해 발표되었다.

철밥통으로 소문난 교수 사회의 예상을 뛰어넘는 중징계였다.

총학은 '부당한 관행을 바로잡는 첫 걸음'이라며 징계위 결정에 지지를 보냈지만. 일각에선 대학원생들의 잦은 내부 고발로 교권이 위태로워질 수도 있단 우려도 나왔다.

"이거 생각보다 반론도 만만치 않은데요?"

"막상 파면이 결정되니까 교수 사회도 꿈틀하는 것 같습니다."

엇갈린 반응을 두고 공정위의 고민도 짙어졌다.

교수들의 연구비 횡령 문제는 암암리에 있어 왔던 관행이다. 한 교수가 조금 심했을 뿐 다른 업계에도 비일비재했다.

"교직 사회는 이 불똥이 튈까 봐 전전긍긍하는 모양새입니다."

"어떡할까요, 팀장님."

수사 과정에서 발견된 한 교수의 비리를 예정대로 모두 기소할 것인지를 묻는 말이다.

이 문제엔 준철도 쉽사리 대답할 수 없었다.

별건수사.

이건 주로 본수사가 잘 안 풀릴 때 쓰는 조커 카드다. 지금처럼 입찰 담합이 다 밝혀진 상황에선 굳이 만지작댈 필요가 없었다.

"아무리 그래도 밝혀진 범죄를 어떻게 자의적으로 덮어요. 그렇다고 지금 한 교수가 석고대죄하는 상황도 아니고,"

"맞아. 그 사람 징계위 출석 안 한 거 보면 딱 답 나옵니다."

"그것도 맞지만 너무 몰아붙여서 좋을 건 없어. 파면 결정과 별개로, 청운대도 자대 교수가 큰 처벌 받는 건 원하지 않을걸."

반원들도 이 문제에 대해선 의견이 분분했다.

준철은 한동안 설전을 듣더니 자리에서 일어났다.

"일단 한 교수 다시 만나 보겠습니다."

❧

재소환된 한 교수는 얼굴이 몰라보게 수척해졌다.

담합을 모의했던 대학들에겐 배신을 당하고, 자대에선 파면까지 당했으니 심정이 말이 아닐 것이다.

심지어 이건 아직 서막에 불과하지 않나.

청운대 윤리위원회는 논문 재심사 TF를 열 것이라 발표했다. 하루아침에 수질 업계 최고 권위자에서 갑질 교수로 전락했으니 세상이 창살 없는 감옥처럼 느껴질 것이다.

"아직 내게 더 할 말이 남았나."

"왜 윤리위원회에 참석하지 않으셨습니까."

한 교수는 힘없이 웃었다.

"어차피 당신들끼리 차고 친 징계 심사 아니야. 내가 그 자리에서 조림돌림까지 당해야 성이 풀리나?"

"참석했더라면 오늘 이 자리는 없었을 겁니다. 징계 수위도 서로 합의할 수 있었고요."

"어설픈 동정은 됐으니 부른 이유나 말씀하시오."

대화의 여지가 없는 것일까.

준철은 무거운 마음으로 그에게 서류를 건넸다.

"별건수사 진행될 겁니다. 환경부한테 수주받은 사업 철회는 물론, 지금까지 횡령했던 돈 모두 책임을 피할 수 없을 거예요."

"내 치부를 다 들춰내겠다? 그리하시오. 나야 뭐 이젠 잃을 것도 없는데."

"그 전에 먼저 협상하실 마음이 있는지 물어보고 싶습니다."

협상이란 단어에 그의 눈빛이 변했다.

"아시다시피 청운대 윤리위가 논문 재심사 TF를 꾸리겠다 했습니다. 근데 논문 기여도는 객관적으로 판단하기 어려운 문제라 하더군요."

"……그래서?"

"하지만 당사자는 자신의 기여도가 어느 정도인지 누구 보다 잘 알겠죠."

"……."

"학생들 논문 돌려주고 그만 교단 떠나세요. 이게 저희가 드리는 마지막 기회입니다."

한 교수는 마른침을 삼켰다.

연구 방향 지도라는 명목하에 얼마나 많은 논문을 빼앗았나.

번역 한 번 해 줬다고 1저자를 꿰찬 논문도 있었다. 취업을 목적으로 온 대학원생에겐 기업 추천서를 대가로 논문을 양도 받기도 했다.

이걸 다 인정하라는 건 죽으라는 소리다.

"대단히 큰 착각들을 하는군. 자기 논문이 무슨 수질 업계에 큰 반향을 일으킨 줄 아나 보지?"

그는 손을 부르르 떨었다.

"꿈 깨. 대한민국에 수천 개가 넘는 강 중 하나 잡아서 수질 상태 조사한 게 전부야."

"그 작은 연구 성과들이 모여 큰 국책 사업을 결정하는 거 아닙니까."

"뭐? 당신이 뭘 알아?"

"소싯적에 댐 보수공사 많이 나가 봤죠. 참 재밌는 업계더군요. 무슨 물고기 하나 발견되면 수십억짜리 공사가 중단되기 일쑤였으니."

수질 업계는 김성균도 일가견이 있는 분야였다.

과거엔 미친놈들이라 부르지 않았나. 천연기념물이 발견되면 수십억짜리 공사가 무산되고, 때론 물고기 하나 때문에 수억의 추가 공사비가 들기도 하였다. 아파트 공사하다 문화재 발견되는 것 다음으로 무서운 게 이 천연기념물들이다.

그래서 더 잘 안다.

학생들의 연구 성과가 결코 작지 않다는 걸.

"어디서 미친 소리를!"

"긴 말 안 하겠습니다. 양심에 어긋나는 논문 자진 철회하고 본 주인한테 돌려주세요. 다음엔 소환이 아니라 영장이 나올 겁니다."

그쯤 말하며 자리에서 일어났다.

그렇게 사무실로 복귀하는데 문득 아쉬운 생각이 들었다.

끝까지 싸우면 우리도 실형 떨어질 때까지 싸울 거란 얘기를 꼭 했어야 하는데.

"후우……."

말하지 않아도 그건 전달됐으려나?

⟳

그로부터 보름 뒤.

청운대에서 작은 승전보가 들려왔다.

"정말입니까?"

"응. 논문 세 편을 자진 철회했더구먼. 물론 아직 더 많은 논문이 남았지만 첫 시작은 순조롭네."

한 교수가 논문 세 편을 자진 철회하며, 저자권을 반납한 것이다.

예기치 못한 진척에 신 교수도 흥분을 감추지 못했다.

"물론 이게 파면 결정에 승복했단 뜻은 아니야. 뒤로는 우리한테 이의 제기 신청했고, 곧 법정 싸움까지 갈 것 같네."

"……죄는 인정하지만 처벌엔 동의 못 한다는 뜻인가요."

"그래. 뭐 다 그런 거 아니겠나. 꼴을 보아하니 파면 문제는 3심까지 갈 성싶네."

기나긴 법정 공방이 기다리고 있었지만 신 교수의 얼굴은 밝았다.

한 교수가 자진 철회한 논문은 모두 제보자 학생들의 논문이었다. 하지만 참고 있던 제보자가 비단 이들뿐이겠나? 이 건수가 많아지면 많아질수록 파면 결정에 힘이 실리게 된다.

"피곤해지시겠군요."

"그놈도 안 될 걸 알면서 마지막 발악하는 거야. 그것밖엔 방법이 없으니."

그리 말하며 슬쩍 준철에게 웃음을 보였다.

"차라리 이런 종류의 피곤이 나아. 기준도 없는 논문 기여도보단 이런 싸움이 낫지."

"그렇다면 다행입니다."

"별건수사는 어떻게 하기로 했나."

"사실 한 교수 반응을 좀 지켜보고 있었습니다. 근데 논문 자진 철회했으니 문제 삼지 않는 게 어떨까 싶습니다."

신 교수는 웃음기 없는 얼굴로 준철의 어깨를 다독였다.

"고맙네. 자네는 마뜩지 않겠지만 사실 교수 사회에서도 많은 자성의 목소리가 나왔어. 학교 위상 때문에 한 교수 처벌을 적극 주장 못 했지."

"예. 이해합니다."

"파면 결정은 걱정 말게. 놈이 아무리 발악해도 우린 결정 번복 안 할 거야."

그 말을 들으니 조금 안심되었다.

본래 한쪽이 막무가내로 나오면 다른 쪽이 못 이기는 척 들어주기 마련이다. 하지만 파면 결정에 핵심적 역할을 했던 신 교수도 고집은 어디 가서 질 사람이 아니다. 반드시 이 원칙은 지킬 것이다.

"근데 한 교수가 파면되면 대학원생들은 어떻게 되는 겁니까."

"그놈 말고도 실력 있는 교수들은 많아. 일단 부교수, 조교수들이 남은 학생들 지도하기로 했네."

"그분들은 믿을 만……."

"예끼! 뭐 청운대가 비리 온상인 줄 알아. 이번 사태 겪으면서 혼쭐 제대로 났어. 다들 경각심 가지면서 지도할 거야."

두 사람은 껄껄 웃었다.

서로 웃음이 나는 걸 보니 정말 일이 끝나긴 한 모양이다.

"그리고 이 팀장. 혹시 자네가 학생들 전화 안 받았나?"

"아, 예."

공정거래
위원회

"왜 그랬어?"

"뭐 사태도 다 정리됐고, 일도 좋게 끝났는데 볼 필요 있나요."

"사람이 그래도 그게 아니지. 자네한테 특별히 고맙다고 인사하고 싶대. 내가 한번 자리 마련할까?"

"괜찮습니다. 그냥 할 일 했습니다."

몇 번 더 권유해 봤지만 도통 설득될 것 같지 않았다.

"제가 한 일이 얼마나 있다고요. 교수님께서 징계위 열어 주신 덕분입니다."

신 교수도 설득을 그만두었다.

"그래, 좋은 일 해 줘서 고맙고 다음엔 좀 좋은 자리에서 보지."

"네, 감사합니다. 그럼 가 보겠습니다."

그렇게 사무실로 복귀할 때.

핸드폰이 재난 문자 온 듯 진동하기 시작했다.

열어 보니 학생들에게서 장문의 메시지가 와 있었다.

[이준철 팀장님. 정말 감사드립니다......]

[팀장님 덕분에 한 교수 파면까지 시킬 수 있었어요......]

[언제 꼭 다시 인사드리고 싶습니다.]

흐뭇한 얼굴로 핸드폰 넣을 때 한 사람의 메시지가 유난히 시선을 사로잡았다.

[이민석입니다. 10년 동안 뺏겼던 제 논문...... 팀장님 덕분에 찾게 됐습니다. 꼭 좀 뵙고 싶네요.]

다음 권으로 이어집니다